远离喧嚣,

捧一壶清茗,

笑看春风,

该是怡人的境界。

春风微澜

田文祥 著

敦煌文艺出版社

图书在版编目（ＣＩＰ）数据

春风微澜 / 田文祥著. -- 兰州：敦煌文艺出版社，2019.12（2022.1重印）
ISBN 978-7-5468-0918-2

Ⅰ．①春… Ⅱ．①田… Ⅲ．①散文集－中国－当代 Ⅳ．①I267

中国版本图书馆CIP数据核字(2019)第291332号

春风微澜
田文祥 著
责任编辑：李 佳
装帧设计：刘恒云
敦煌文艺出版社出版、发行
地 址：(730030)兰州市城关区读者大道568号
邮箱：dunhuangwenyi1958@163.com
0931－8773259(编辑部)
0931－8773112 8773235(发行部)

天津海德伟业印务有限公司印刷
开本 880毫米×1230毫米 1/32 印张 7 插页1 字数160千
2019年12月第1版 2022年1月第2次印刷
印数：2 001～4 000册

ISBN 978-7-5468-0918-2
定价：38.00元

如发现印装质量问题，影响阅读，请与出版社联系调换。

本书所有内容经作者同意授权，并许可使用。
未经同意，不得以任何形式复制转载。

自 序

我写作一直随意，只是将自己平时所见、所闻、所读、所思以散文或者诗歌的形式表达出来，散文侧重于叙事，诗歌侧重于抒情。我写的诗歌比散文多，满意的少，很难实现自我超越，可我一直想超越自己。

父亲曾认真地建议我将毛笔字练好，一技在身，走遍天下。他认为我写毛笔字笔性可以，如果坚持，有十多年的工夫，一定会写出来。后来，妻子也有同样的看法。毛笔字我倒是练过，可是往往持续不久，砚台里的墨汁往往干裂得像久旱中的土地，滴一点水，便会泛起肥皂泡般的白沫，笔头也变成一条干柴棍。相比较书法，我还是更喜欢阅读，于是向妻子解释："因为生性愚痴，只有靠坚持阅读来弥补先天不足，如果再让书籍沾满尘埃，自己就会变成痴呆傻了。"

曾多年报考律师资格，就是后来的法律职业资格，终于在2007年通过C证，然而2008年又是C证的成绩。屡败屡战，逐渐纠正了自己不求甚解的习惯，树立了一定的法律思维，但与自己的期望还有很大的差距。记得有一年律考的题目是"受托人因患感冒，将自己受托事项进行转委托，问转委托是否有效"。我当时认为小小的感冒，受托人至于将受托的事项轻易推辞吗？法律思维是逻辑思维，与人生阅历和社会经验有关。也许现在阅读法律法规不会像以前那样单纯、片面，但阅读的兴趣，还是倾向于文史哲方面的书籍。

阅读决定写作的内容。2015年5月28日早晨写过题为《离目标更近一步》的日记："每写一篇心得，总觉得离目标近了一步。心得者，或长或短，随意道来，没有固定的模式。只是不想再让思想的火花轻易灭逝，转瞬即逝的体悟，如果不及时留住它，就会在忙忙碌碌中消散。追忆过去，记叙自己，写得多了，就会发现自己文句的瘦削，表达能力的欠缺，构思的平庸。言之无文，行而不远。文字需要推敲，文笔需要锤炼。愿我的叙说不要浪费你宝贵的时间，如果这些文字给你以借鉴，或引起一点共鸣，目标就在当下实现了。"心得主要是阅读过程中形成的感发。2013年所写《祭母》一文发表在定西文联主办的《黄土地》，受当时情绪的影响，对历年的习作进行了集中整理，并陆续发布在自己的QQ空间，也许就是那个时段萌生了出一本集子的想法。

在整理文稿的过程中，首先发现的当然是写作水平不足，"退笔如山未足珍"，将不能称其为文章的予以删除，接下来，倒像一位多欲又偏私的父亲，面对一群孩子，尽管有所偏爱，但又不忍心将其割爱。再者，也为自己开脱，既然是全面总结，为什么不为现在看来不称意的习作留点位置，它们毕竟是我真实的存在，留下来，当作今后的镜子。当然，还是要尽量避免滥竽充数之嫌。

我的作品几乎都是有我之境的小境界，而非无我之境的大境界，但愿它能与尊贵的读者少一分隔阂，多一分交流。刚读过白先勇先生的散文集《树犹如此》，他的只要人性不灭、人情不灭，文学就不死的观点，我十分欣赏，也许是应和我真诚抒写生活的理念吧。

拳拳天下父母心。父亲年事已高，所幸身体康健，刚做了白内障手术，不用戴眼镜，药瓶上的小字都能看得清清楚楚。念及父亲对我的关怀和偏爱，我也心存让父亲尽快读到我文字的想法。

忘掉过去的空虚，忘掉过去的浮躁，继续往前走。

2019 年 5 月 17 日夜于碾园

目 录

第一辑 秧歌的小唱

消失的喜鹊 / 003

老井 / 005

端阳怀柳 / 005

土炕 / 007

雨 / 009

洋芋 / 012

干爷 / 014

秧歌的小唱 / 016

母亲 / 026

乡村掠影 / 032

乡村老干部 / 037

麦扇儿 / 038

煮茶 / 041

榜罗故事 / 041

露水河 / 061

通渭温泉 / 063

野山洼 / 064

碾园 / 066

第二辑 春风微澜

安居 / 071
茶与酒 / 072
莫愁 / 074
春风微澜 / 077
煤油灯 / 080
散步 / 082
岷县地震侧记 / 085
四十问惑 / 086
关于狗的话题 / 088
从残片到野花 / 090
悠悠画廊 / 092
黄金年龄 / 093
花开的效应 / 094
酒与宴席 / 095
野丁香 / 096
从早起说开去 / 097
戏说头发 / 099
一片秦瓦 / 100
石榴 / 102
变形的翅膀 / 106

第三辑 陇上游踪

哈达铺 / 111

定西湖 / 112

心佛 / 115

狼窝沟的回忆 / 116

北沟寺漫记 / 118

渭源怀古 / 122

文树学校 / 125

长城 / 128

问长城 / 130

瓦碴地 / 131

温家坪 / 134

石峰堡 / 135

鹿鹿山 / 136

保昌楼及其他 / 138

岷县的早市 / 141

唐槐 / 143

文化的渡口 / 145

天水三题 / 147

鸠摩罗什塔 / 149

焉支山 / 151

水 / 153

西安印象 / 155

鄂尔多斯一瞥 / 158

瞿坛寺 / 160

再走汪氏元墓群 / 162

第四辑 隐者非隐

刘老大 / 171

白搭 / 178

书画家 / 180

乐者 / 182

撒哈拉 / 183

也寻隐者 / 186

读家训后记 / 191

两个外国学者 / 193

书法别谈 / 194

漫说石头 / 196

寺庙 / 199

逆向的著作权 / 200

曾经建议 / 201

车卡 / 202

遥远的村落 / 204

敢问丝绸之路 / 207

后记 / 211

第一辑 秧歌的小唱

消失的喜鹊

清晨,各种鸟雀在树枝间啁啾、鸣叫。

我一边洗脸,一边对母亲说:"现在各种鸟雀多哩。"母亲不假思索地答道:"是啊,只有喜鹊走了以后,再也没有回来过,其他鸟雀都回来了。布谷、野鸽子,还有小时候娘家里叫声恰像七点半的鸟儿。"我仔细倾听一会,母亲是对的,不禁会心地笑了。

前几年,不知什么缘故,各种鸟雀悄然销声匿迹。盛夏时节,田间地头爬满了黑色的毛毛虫,麦子被它们吃得只剩光光的秸秆。村里人说是因为鸟雀消失了的缘故。可是鸟雀怎么会悄然消失了呢?有人说是由于气候变暖,也有人说是因为大量使用农药。

可好,它们现在总算又回来了。去年五月回家,燕子居然在东厢房的屋檐下垒了窝,看着它们轻盈矫捷地在庭院里来回穿梭,飞落在电线上相互嬉戏、鸣唱的身影,心想父亲的庄园叫作"燕园"不也非常合适吗?我喜欢燕园,燕园里有我太多的回忆、思绪和留恋。可惜后来回家时,发现燕子窝不见了,父亲惋惜地说是由于猫吃了它幼仔的缘故。

山村因为鸟雀的回归更加充满了生趣。当你走过打麦场,准有两三只觅食的野鸽子扑棱棱飞起,站在树梢间打量异乡的来客,山野里时时传来野鸡"嘎嘎"的叫声,布谷总喜欢在远山呼唤。村里人也树立起了高度的野生动物保护意识,不去破坏它们的生活环境。用母亲的话说,野鸡国家保护着呢，如果谁去捕捉，让乡上的干部碰上了，罚款可吃不消。

由于自己行踪范围有限，多少年来再也没有见到过喜鹊。喜鹊入画，是因为喜上眉梢的寓意。它不但长得好看，而且喜欢鸣叫。村里人管喜鹊叫"野俏子"，嫌谁话多，就说像野俏子一样"喳喳喳"的。喜鹊总是在大榆树上做窝，高高的，像一个大背篓。也许是受灭"四害"的影响，小时候，伙伴们以捣毁鸟窝为乐。我胆子小，又不善于爬树，看要强而勇敢的同伴像猴子一样爬上高高的树枝，心底油然而生钦佩之情。记得有人用民兵训练的枪支练习射击，为了安全起见，目标常常指向喜鹊窝，随着令人心悸的枪声，喜鹊便在树上盘旋、嘶鸣，无奈地飞向高高的天空，飞出我遥远的记忆。

夕阳西下，我独自一人站在燕园，只见两只山雀突然窜入牡丹树下觅食，意识到我的存在，旋而飞到屋脊上张望，简陋的土屋瞬间灵动起来，可惜手边没有相机留下它们美丽的倩影，怅然若失之间，它俩已成为我相逢而不相识的过客。

前几天到兰州出差，无意之中在街心花园里看到几只羽毛杂乱的麻雀，心底间萌生如此感慨来：看气色城里人比农村人精神，可是鸟雀，乡村的却比城里的精神。那我呢，是农村人，还是城里人，自己也说不清楚，也许是飞进城里的一只麻雀吧。

人老了，总是喜欢回味过去，母亲是否一直等候喜鹊回来呢？

2010 年 11 月 18 日

老井

邻村的半山上,有一口老井。

20世纪50年代末,村庄一位快要去世的老人,临终的愿望是想喝口甘甜又清凉的井水,老人是我的曾祖父。

在红旗飘拂大地的年代,人们为了取水方便,在山坡上开了一条渠,试图将老井变成一泓清泉,却发现老井的水位因打井的深度变深而水位下降,于是作罢。废弃的浩大的工程,留作美好愿景的见证。

井水并不狂,缺水季节,或者干旱的年份,井水不能完全满足村庄的需要。井沿上常常围着四五个少年,他们等待着,盼着手中的小木桶能吃上泛黄的井水。

随着集水工程的实施,村庄里的孩子再也不用到邻村去挑水。当初挑水的少年再没有去过有老井的山坡,也没有喝过清凉又甘甜的井水,老井变成回忆。

后来听村里人说,由于年久失修,井水也已经干涸。

2015年1月26日

端阳怀柳

电信局窗明几净的办公室内摆放着一束香柳和粉红的牡丹,显得格外清爽。我说:"真香,端阳节到了吗?"花的主人是一位中年妇女,笑道:"这是我早上买的,老了,还爱看花。"我说:"爱花的人热爱生命。"这不,今天已是端阳节,清晨散步者手中摇摆着柳枝,就连三轮车拖斗上也挂上一枝绿意。桥头边摆放着花草,走近一看却叫不上名字来。卖花女笑着说:"勿忘我。"令人心动的名字,五毛钱一枝蓝色的,卖花女笑着配上一枝红色。

同事笑嘻嘻地问:"买了一根狗尾巴草吗?"

"是勿忘我!"

插好花朵,我又联想起柳树来。故乡有个地方叫柳林湾,大概是因为沿着蜿蜒的山路长满大大小小的柳树而得名。夏天,人们赶着羊群到树荫下乘凉;秋晨,人们背着背篓去扫树叶;冬季,人们放肆地折下它的枝条点起一堆堆篝火。刚参加工作那年,赶在端阳节回到柳枝依依的家门,强烈的、家的归宿感在柳枝的梢头摇曳。

家乡土地贫瘠,树木品种屈指可数,主要有柳树、白杨树、榆树及其他果树,其中柳树和白杨居多。柳树枝条柔韧,极易成活,春天折一根枝条,插在墒情良好的土壤里,便会生根发芽,村里村外,都是它生机盎然的绿色。柳树长得越高,枝叶越往下垂,风雨中总是深情地念及根土。也许正是因它这种性情,柳树成为诗人常常吟诵的对象,陶渊明《五柳先生传》中五柳先生"好读书,不求甚解",因主人公名为五柳而显得更有情趣。

柳树形态婆娑,不中绳墨,但与农家生活息息相关。柳木最适合制作擀板,由于它质地疏松、富有弹性,刀刃切下去,不会产生木屑。买不起好木材,只得选择相对端直的柳树来盖房子或制作家具。为了避免生虫子,人们在用柳木板之前,总要将木板放在涝池里浸泡,于是男孩们光着身子,钻进涝池里,骑在木头上,当船划行。我曾想在门前涝池里学会游泳，可是没有成功。清明过后，人们将柳树细嫩的枝条砍下来，捆在一起，晒干，这便是羊群过冬的草料，也是做饭和煮罐罐茶的柴火。孩子们折一根细枝，将树皮拧松，抽出秆儿，在树皮上面打几个孔，使劲地吹奏，发出笛子般的声响来，在他们眼里，这俨然是世上最好的乐器。

刚去过西安，秦川西部的麦子已开始泛黄。由于来去匆忙，没有在十三朝古都尽兴一游，归途中凝望西郊街道两旁参天的杨柳，她们伟岸、沧桑的体躯向你展现着古城无尽的底蕴。

2003年6月6日

土炕

去年，也是在临烧暖气的前几天，站在凛冽的寒风中，油然间想起土炕，想起父亲生活的遥远的山村。

独自一人待在冷得瘆人的客厅里，忽然又想起土炕，想起自己曾翻阅《辞海》，看到关于炕的词条："炕，北方人用土坯或砖头砌成的一种床，底下有洞，可以生火取暖。"不知哪位聪明的先祖发明了土炕，想必土炕的来由久远得难以考证。

没有亲历就很难想象曾经的农村物质贫乏的程度。人们管烧炕的材料叫"添炕"。土地承包之前，家中过冬连添炕都不能保证。深秋时节，祖父总是很早起床，抢先到村边扫落叶,那沙沙的声音,至今在耳边回响。落叶扫光了,就去山野铲草皮,冬天的山坡像剃了发的光头,干干净净。当然铲草皮不能伤了草根,可谓野草"铲"不尽,春风吹又生,宽厚的大地向村庄永远无言地赐予。邻家堂妹没有上学,从小帮父母做农活,每逢夏秋,她家庄园周围的矮墙上,摆满束成小捆的野草,在我心中俨然是一排排整齐的士兵。

正如游牧民族离不开毡房,黄土坡上的农村人离不开土炕。再说原煤的价格也不断上涨,在每个房子里生火,条件似乎还不允许。到农家做客,最舒心的就是上炕喝茶,主人会热情地招呼你:"炕热哩,上炕吧。"我喜欢和乡亲们挤在热炕上,交谈村庄以往的故事,或者有关古董之类的话题,因为这是大家都热心谈论的话题,并且会越说越宽、越说越远,于是你就会看到前辈们生活的影子。

当然,在婚丧嫁娶等礼仪场合,能坐上炕的肯定是尊贵的客人。可往往由于主人的失误,致使有些尊客安排不到炕上坐席,拂袖而去的现象时有发生,难免成为人们茶余饭后的谈资。如果你看惯了因为安排不到位而大发雷霆的"上流"人士,也就见怪不怪了。其实我倒同情那些战战兢兢、如履薄冰的服务人员,因为每个人都想被别人宽容以待。

大哥决计将两间老房子修葺一新,看着瓦楞间长满衰草的西厢房,我心底倒充满深深的留恋,因为在那间房里温暖的土炕上,我度过了如梦如幻的童年。国庆回家,西房已焕然一新,庭院明显整齐精神起来。意外地发现大哥在土炕中接了自来水管,烧炕的过程也能热水,这不能不叫作创新。

我看到村野间一丛丛、一簇簇灿烂的野花,田园宁静的风光使我想起陶渊明"归去来兮,田园将芜胡不归"的句子来。

2011 年 11 月 15 日

雨

"非典"蔓延,天气却干旱少雨。

听天气预报讲,五月南方的小麦已开始扬花,陇中山野的麦苗还是浅浅的绿。虽说已到立夏节气,但春天的脚步似乎才刚刚来到山村,一树树梨花迎风怒放。与妻和孩子来到乡下,父母分外高兴,由于不用再操劳土地,可以偷得几日清闲。我沿长满车前子和蒲公英的小路转悠,只见阳山的郭家爷跷着脚向我走来。

"郭家爷,干啥去呢?"

"去柳柳湾给冬麦拔草。"郭家爷问我什么时间回家的,一边说话,一边不停地眨巴眼睛。

我说:"今年天有点旱。"

他说:"已经晒住了,庄稼开始泛起黄叶子,村里的好多水窖也干了,不过,要是有场雨,什么都能赶得上。"

我问:"郭家爷身体可好?"

"我身体还攒劲着呢,担一担水还不成问题,就是这只眼睛看不见了。"他一边说着,一边拨起左边的眼睑。只见他眼睛雾蒙蒙的,问:"是白内障吗?"

"就是的,咱们村里有好几个老汉都是,三阳川老汉和斗疙里老汉,他俩去年做了手术。"

"是健康快车吗?"

"正是,去年到榜罗来过,有半个钟头就做完了,三阳川老汉说,如果我命好,他们还会来的。要是等不着,掏钱是掏不起的,得一千元,我哪儿有一千元呢,五百块也凑不齐。"

我安慰郭家爷,健康快车一定还会来的。说完话,他又匆匆碎步向山湾走去。

郭家爷一辈子单身,他自小给地主放羊,后来又给农业社放羊,我小时候和他搭伙走遍了村野。他性情乐观开朗,总是无所顾忌地谈起男女之事,惹得一起放羊的孩子开怀大笑。岁月荏苒,我已过而立之年,七十有几的他,依然辛勤劳作,凝望他的身影,觉得无限惆怅。

尽管经常回家,但对于村庄毕竟陌生,身后走来一位背着背篓,浑身沾满尘土的媳妇,皮肤晒得黑里透红,微笑间露出一排洁白的牙齿。我说:"南风刮得这么大,会有雨的。"她说:"才不会呢,已经刮了三四天了,要是下一场雨该多好,病事也会少些。"我知道她说的是"非典",就说:"管用吗?"她说:"老人们都这么讲。"我又问:"害怕吗?"她说:"怎么不害怕呢?"我说:"有什么可怕的。"她咧着嘴嘿嘿地笑。

村口的小卖部都带着锁,这使我想起海子"神秘的村庄……就像无人居住的村庄"的诗句,海子这首诗只是捕捉到了村庄的表象,其实村庄也随着时代的脉搏,谱写着与时俱进的新境界。村小"五一"放假,隔着铁门望去,郁郁的松柏掩映着陈旧的校舍,显得分外清静。教室是我们小时候用过的教室,尽管陈旧,却分外亲切。眼下社会各界正集资办学,从向省教委申请改建的报告上看到:村小始建于1948年,现有学生七百二十名,社员自愿让出土地两千平方米,社会各界已集资五万,准备将它建设成为包括实验室、阅览室、电教室等配备齐全的现代化学校。

习习的南风终于给天空带来朵朵白云,我说天要下雨了,父亲却说下不下来。晚饭后看天气预报,甘肃中部地区全部包含在降雨范围之内。深夜的风声格外大,吹得门帘呼啦啦直响。我喜欢倾听风声,但终究听不明白她的话语。风是山的语言,她只赐给你联想,因你的快意而欢畅,因你的失落而呜咽。

清晨起床,母亲已为我们烙好锅盔。天色阴沉,下着毛毛细雨,我担心雨会下大,回定西土路湿滑。临近中午,朋友的车来了,等车子爬上山梁,朋友说:"老天爷,你就使劲地下吧!"

大概是"非典"的缘故,定西街上车辆行人格外稀少。一到家,妻子就开窗通风、"84"消毒。新闻联播之后,我又关注天气预报,有小到中雨。

梦中似乎听到潺潺的水声,妻子催促我起床时,已快第二天中午,我问是不是下雨了,妻说:"从昨晚到现在,下得一直没停。"打开阳台窗户,如织的细雨密密蒙蒙,雨滴溅起满院轻轻涟漪，顿觉睡意全无，穿上风雨衣，到街上去散步。满街花花绿绿的雨伞，流淌着清清的雨水，人们将盆花放在雨中，花也显得格外鲜艳、精神。

心情难得的轻松与舒畅，雨和风一样，它也随你之乐而乐，随你之忧而忧，周作人的书斋不是就叫苦雨斋吗？好雨解除了旱情，是否也能驱散"非典"。

2003年6月10日

洋芋

定西人在县城中心立了一块"中国马铃薯之乡"的碑，渭源人一看就不服气了，说渭源县五竹等地气候相对阴湿，马铃薯品类齐全，且病虫害少，马铃薯的故乡应该在渭源，却让定西给占先了。我家乡处在通渭、陇西、武山和甘谷的交界地带，说那儿是马铃薯的故乡似乎也不过分。我们这块贫瘠的土地，十年九旱，其他农作物很难丰收，却盛产马铃薯。记忆中是美洲的印第安人最先种植马铃薯，定然是哥伦布发现新大陆以后才传到我国，通常这种外来农作物的名字都带"洋"字，所以人们称它为洋芋。

谈起洋芋，我不禁回想起童年那段缺衣少粮的岁月。那时几乎每顿饭都离不开洋芋，煮洋芋、炒洋芋、洋芋饽饽、洋芋搅饭等。小孩子洋芋吃腻了，就会向母亲说自己不爱吃洋芋，母亲心疼地说："不吃洋芋再吃啥呢！"如果有洋芋得以填饱肚子还是好的，青黄不接的时候，人们不得不受饥饿的折磨。据说村里有个婶婶的聘礼就是两竹筐洋芋和萝卜。记得老师讲乐观主义时说外地人戏称我们为"洋芋蛋、红二团",我们称他们为"剥皮点心",同学们嘿嘿地笑,心里却想着真正的点心。那时点心和盒装饼干是用来走亲戚的礼品,从东家串西家,再从西家串到东家,串来串去,小孩子馋得忍不住,偷偷打开一看,全部发霉了。

常言道:苦尽甘来。历经饥寒,终于得以温饱。有一天到小卖部买香烟,一斤岷县点心的价钱相当于一包软海洋,折合成洋芋得半袋子,于是就觉得自己奢侈了。想起1997年9月,父亲来看孙子,让我到车站去接,当我赶到车站时,他身旁放着足有一百斤的一大袋子洋芋。老家离公路有一条六里路的山坡,不知他是怎样将洋芋带到车站的,看着他满头花白的头发和佝偻的身躯,埋怨他不该费如此力气,热乎了心头,湿润了眼眶。

现在人们对洋芋的吃法近乎考究,市场上摆放着热腾腾的油锅,里面炸的是削了皮的洋芋,看着就香。第一次吃干炸金条,以为是什么珍奇之物,一上桌原来是洋芋,可见经营者的用心。据说兰州人将干炸洋芋片称为香格里拉,似乎有点超现实主义的味道。不过人们对洋芋一直情有独钟,不管你和谁去涮火锅,洋芋总是少不了的一道菜。更有幽默者将洋芋二字分解为羊和鱼,让大家开怀而笑。

随着人们生活水平的逐步提高,洋芋失去了其在饮食结构中的主导地位,而洋芋产业却逐渐兴盛。淀粉加工厂在我区比比皆是,也许一个庞大的洋芋产业集团正在市场中酝酿。随着科技的发展,洋芋种植也由粗放型向集约型发展，我曾参观过定西县西寨乡脱毒洋芋种植基地，却还没有吃过脱毒洋芋，听说很贵，农民都舍不得吃，只留下种子，别的都销往外地。

拥有产品市场，如何进一步开发洋芋产业是我们面临的问题。据报载，美国的洋芋品种已开发到六千多种，而我国目前只有六十多种，文中还说美国有马铃薯委员会，专管马铃薯产业和研究马铃薯文化。而我认为，我们不必为没有马铃薯委员会而遗憾。重要的是我们如何面对本地的实际情况和开放的市场，使洋芋产业发挥它最大的潜力，带动地方经济的增长。山谣中唱：洋芋开花赛牡丹。但愿我们的洋芋产业和云南的花卉产业一样，尽快地走向全国市场，走向世界。

2004 年 10 月

干爷

大概是小时候爱生病的缘故，阳坡李家老汉为我戴了项圈，成了我的干爷。

生什么病，怎样戴的，我早已没有记忆。只记得项圈是用红棉布缝制的一条棉布棒，戴的时间长了，便生出一层黑色的污垢来，用指甲划上去，呈现一道灰线，十分难看，我想摘下来扔了，母亲却急了，说千万不敢，不然又会生病，于是再不敢轻易摘掉它。

过年时母亲找了一盒饼干，让我去找干爷。那天干爷家还有别的亲戚，但对我这个小客人分外热情，干奶做了丰盛的饭菜。小时候受大哥的影响，我是不喜欢吃肉的。干爷将我安排在炕上，替我夹了一颗肉丸子。我说不爱吃肉。他说是用瘦肉做的，香得很，不容分说，便喂进我嘴里。我硬着头皮嚼了一阵，然后吐了，吐了干爷家一地。

要离开的时候，干爷给了我一张绿颜色的两角钱，我不要，干爷说是第一次认干亲戚的规程。我拿上了，一路攥在手心，生怕飞了。回家后高兴地交给母亲，向她叙说吃饭的过程，母亲说人家把你这个小孩抬成呢。

干爷有四儿二女，他和老三一起生活，我那时年龄小，不去关心。后来老大、老三迁居新疆，再没有回来过。老二过继给干爷的兄弟李爷。李爷过世得早，我只记得他用草帽收蜜蜂的情景。他家的蜜蜂跑到二叔家梨树上，李爷将草帽顶在梨树树枝间，热切地念道"蜂王啊，进斗、进斗，你不进斗，暴雨来了我不管"。那天我目睹了他收蜜蜂失败的过程。李爷的妻子在挨饿的年代跑了，庄间人憎嫌她，都叫她李婆儿。人们说李婆儿跑到陕西去了，再没回来过。后来，她又突然出现了，李爷欣喜万分，将她留在家里做饭，不足半个月，李婆儿席卷李爷的所有积蓄又跑了。人们骂李婆儿太狠心，竟没有为李爷留一个子儿。

老四娶了同庄的女子，有一次我到他家串门，他媳妇煮了肉，撒上"南德调料"，分外香，好像我在城里没有吃过那么香的排骨。他的小儿子趴在门槛上索要零花钱，他刚吃了牛板筋，又缠着要买脆皮肠。老四给我拿了一瓶陇南春，我喝多了，向老四感慨关爱孩子的同时，也要孝敬老人，他咧着嘴嘿嘿地笑。

　　参加工作那年，我拜访过一趟干爷，他在一间小屋里摆弄着树枝，正准备生火喝茶。那时，人们都已经用上电炉子，他还用火盆，他说自己不喜欢用电炉子，不过瘾。他叫我一起喝，我怕烟，没有喝，和干奶说了一会话，留了十块钱告辞，干爷似乎有点激动，将我一直送到门口的大场边，说我都没有喝一口就要走。

　　盘算着今年过年时，我要再拜访一遍村里的乡亲，于是又想起干爷，这几年我没有去看望他。母亲生前说过，干爷是村庄里为数不多会唱山歌的人，我也依稀记得他在山野间高亢的音调和畅快的笑声。

　　我要去，尽可能记住那些已不再回荡的山歌。

2013 年 12 月 26 日

秧歌的小唱

　　我愿以自己的方式，将乡村的小曲传承。献给生于斯、长于斯，热爱乡土的兄弟。因为这悠扬、质朴，难以用文字表达的腔调，时常在我们心中，悄然响起。

一

　　家乡在 20 世纪 90 年代中期才通上电，记得 1989 年我从兰州放寒假回家时，在冰天雪地间看到山梁上矗立的电线塔，它伟岸的身躯令我振奋，心想就要通电了，终于要告别黑灯瞎火的日子，可以看电视，可以在明亮的灯光下读书。

没有电的日子，夜间照明的工具是一盏用墨水瓶和铝制牙膏皮制作的煤油灯。煤油曾是统供统销的商品。将煤油灯放在炕桌上，孩子们趴在上面做作业，母亲也不浪费珍贵的光亮，坐在旁边做针线，高兴了，还会哼几句乡村的歌谣。煤油灯燃的时间长了，结出烟墨的灯花来，母亲就会说结灯花好呢，说不定舅舅会来，在她的反复念叨间，舅舅真的来了。舅舅在庄园周围栽上桃树，嫁接上化心梨。如今梨树长得很旺，一树梨花恰像一树雪花。

二

山村最亮的时分莫过于放电影时，因为光亮，孩子们惊叹着、欢呼着、雀跃着、追逐着。除了看电影，那只有春节耍社火时能这么亮堂了。社火也叫秧歌，腊月、正月，乡亲们总爱询问秧歌的信息，有秧歌的亲戚也会提前邀请别人到他们村间去看秧歌。

秧歌的灯火虽然没有电影灯光那么明亮，但色彩缤纷，艺人们在大大小小的灯笼上画上牡丹、菊花等各种花卉，贴上花红柳绿的飘带，照明的煤油灯和蜡烛的光亮在人们的摇摆中飘忽不定，场面更加魅力四射。

耍秧歌意在敬神，设土为坛，插上香蜡，燃起香表，祭神如神在。说春人俗称"春官"。春官反穿羊皮袄，戴一副墨镜，摇着芭蕉扇，在喧天的锣鼓声中和人们的簇拥下慢步行进。在秧歌出坛、对方迎接、与兄弟秧歌会聚时春官都得"谝官"，也就是在锣鼓的伴奏下，即兴高声大嗓地作一首打油诗，来表达对神的敬畏、对一方水土的热爱、对亲友生活的赞美。"社火头啊,家曲(锣鼓)叫起,出得坛门上得川,秧歌来在了赵家湾。赵家湾,不简单,家家户户是富汉。进得门,往上观,上房挂着灯一盏。掌柜的,有远见,供给学生把书念,北京城里中状元。"

诵官过后,演出正式开始。耍狮子是庄庄都有的节目,狮子是瑞兽,可以辟邪,媳妇们让狮子抓打一下婴儿,讨得吉利,以求百病不生,健康成长。耍龙灯、船姑娘、倒骑毛驴等只有大庄口有。秧歌场上,留给我印象最深的就是远村陇西县渭阳乡王家滩的耍龙灯了,只见九节巨龙在龙头果断的命令中相互穿插,时而收缩、时而舒展、时而翻腾、时而悠游,尘土在他们脚下化作了烟雾,锣鼓和人们的喝彩声混杂在一起,打破山村往日的沉寂。

灯火过后,唱小唱的把式头戴白手巾、腰系红绫带,昂着头,用简板甩打着节拍,踏着花步,《大开场》陡然响起:出(也)得坛门翻(也)得山,来到了亲戚的门跟前。亲戚把曹(咱)迎接上,曹(咱)给亲戚闹吉祥。简单明了的歌词与四分之二拍的声调验证着把式们深厚的唱功,抑扬顿挫的旋律使场子里的嘈杂声平息下来,那富有穿透力的声音像精灵一般钻进观众的心窝窝,又打着旋,一如热烈的火苗,蹿向夜空,飘向远方去了。

一曲小唱加一曲大唱就是一折子,唱几折子看时间而定。小唱就是小曲,大唱则是秦腔、眉户剧、滑稽剧等,大唱之中也夹杂着小调。跟着秧歌各村转的时候,我年龄还小,没有足够的欣赏能力,只是为了观看灯笼、文官的纱帽、武官的头盔、滑稽演员的脸谱,追逐热闹、追逐同伴、追逐高兴。不过灌得耳音多了，听别人评论，我似乎也渐渐懂得一点点，尤其是《牧牛》《麻粉团》《怕老婆顶灯台》等滑稽剧我耳熟能详。

《牧牛》是讲一位放牧的小伙子在山间野外遇上一位走亲戚的大家闺秀，产生了爱意，就用对歌方式追求女孩，但他没有对过女孩，又怏然回家的故事。

有一天，牧童一边赶着牛羊进山，一边自嘲地唱道："吆了一对牛（也），长的是梨花角呀哈，吆上着耕地去（也），牛把铧踏破……"他唱累了，在青石板上打盹，走来两个串亲戚迷了方向而问路的小姐和丫鬟，就看那小姐长得怎生模样。牧童叹道："樱桃小嘴一点点，杏核儿眼睛憋赞赞，糯米的牙齿尖对尖。"牧童心神荡漾，眼里瞅着她，心里想着她，相思病缠在身上。于是牧童去大胆地求婚："我是放羊娃，身上没有钱，去给你妈说，把你嫁给我。"遭到婉言拒绝，牧童提出要对歌，对过了就送小姐过山，对不过就得做自己的新娘。于是两个就开始对起歌来，牧童提问："天下黄河几道弯，几道弯里几条船，几条船上几棵仙桃树，几颗酸呢几颗甜。"小姐回答："天下黄河九道弯，九道弯里九条船，九条船上九棵仙桃树，四颗酸呢五颗甜。"……从天上到地下、从花鸟到飞虫、从历史到生活，反反复复，狡黠的牧童终究难不住机智的小姐，只得将她俩送过山去。我总觉得自己有点像牧童，但缺少他的勇气。

场地间演员们唱得热烈，孩子们也玩得起劲，在人群中捉迷藏会招致大人们的厌嫌，但更有乐趣。有一次同伴情急之中将自己藏在观众的皮袍底下,害得我们找了半天。邻村那个父亲在兰州工作的女孩衣着鲜艳,皮肤白皙可爱,于是同伴壮着胆跑过去,笑道:"平儿,祥娃在叫你呢。"说完又像麻雀一样嬉笑着散开了。

我虽然不会欣赏秧歌,但秧歌是我们最初接触的民间艺术,秧歌带给我们纯粹的快乐,也培养了我们的审美。

我到现在还不明白,自己为什么不喜欢秦腔。有一年大哥当庄间社火的头人,家里面放着《铡美案》和《游西湖》的剧本,我都通读了,也看懂了,但没有激发起对秦腔的兴趣,正是那一年,大哥鼓励我充当"女娃子"的角色,我犹豫着,希望得到母亲的支持,母亲鉴于我内向,又怕受冻,说还是算了。从此,我与秦腔越走越远。或许是受"书中自有黄金屋,书中自有颜如玉"的影响,我早已有了煤油灯下下苦心的习惯。有一次各村的秧歌来到本庄的阳坡,我没有去看,爷爷问我为什么不去看秧歌,我说不想去。我喜欢寂静,它给人想象和思考的无限空间,倾听自然之声是另一番深沉和充实。那天晚上,在我放下书本时,窗外柔和的月光里传来秧歌的声音,"杨柳叶子青呀,洋芋铃儿青呀",我听到了村庄的活力,同时为自己的抉择感到莫名的落寞。

除了过年唱秧歌,平常劳动时乡亲们也会打山歌。农业社兴起的年代,尽管缺少粮食,人们饥肠辘辘,但劳动的场面十分壮观,山歌时常与爽朗的笑声掺杂在一起,幼小的我,不明白大人们为什么那样高兴呢?

三

自从通了电,人们看上了电视,同时很多人又出外打工,农村与城市的交流更多了,秧歌渐渐退出乡村的生活。

我于是萌生抄录山歌和秧歌小曲的念头,庄子里的三个把式都快八十岁了,问他们当初唱的山歌的内容,都说是些不正经。我知道,为了打山歌,他们在"文革"期间受过批评,那活泼的歌声,早已在他们心中失去自由的律动了。家乡的山歌应当是信天游吧,我还是从另外的渠道抄录了三首。

上得高山一条梁,看着娘家好惶,看不见庄里看不见场,看见门前的树荫凉。

篮篮提上进学堂,柏木的板凳坐上,拿起笔杆做文章,清眼泪淌在纸上,老师问我啥愁肠,小妹妹留在路上。

一对兔儿上山啦,上山打颠倒卧啦,左胳膊当成枕头了,右胳膊搂上着睡啦。

四

三哥的妻弟小平来拜年,我们猜拳饮酒,小平不胜酒力,一阵儿就喝高兴了。在送他的路上,我谈起秧歌小曲的事,他旋即动容地唱了起来:"正月里来是新年,我给我的姐姐来拜年。大步走,小步行,行一步来到姐姐的门,叫一声亲姐姐把门开。""芍药嘛哟,牡丹嘛哟,串子莲呢嘛哟,母亲教过中状元,辈辈做高官。"他一唱,倒将大家惹乐了。小平当年是潘家岔的秧歌头人,盛情邀请我到他家中去,他会请上潘家岔的把式们,为我好好地唱上一番。

隔了一天，我就去了小平家，一进门，他从隔壁储藏室里拿出一条小羊腿交给妻子，自己找把式去了。三位把式两个五十出头，三言两语寒暄，都是亲戚套亲戚。另一位来得稍微迟一点，却是矮个子老汉，穿一身整齐的灰色旧中山装，留着苍白的山羊胡须，沉静的目光显得有点忧郁。我问小平他高寿，该怎么称呼，他自己答道："八十一啦，我辈份小呢。"我再没有多问。

说明来意，老人十分慎重，显然，他将秧歌视为严肃的事情，安排我先不要记，等他们清唱着回忆，唱完整了再动笔。于是他们师徒三人讨论着回忆起来，我才认识到秧歌是人们口头传唱的民间艺术。从《大开场》开始，到《说多谢》结束，他们给我清唱了《拜新年》，也就是小平所唱的内容。"双手拍门连声叫，叫一声姐姐把门开，你兄兄在门前；我在绣房结月牙，耳听见门外叫姐姐，把奴家猛一惊；哗啦啦开开门两扇，原是我的亲兄弟到门，不由得思新年；一把拖起亲兄兄，一母同胞拜的什么年，坐下着忙抽烟。"……还有《织手巾》《二十唐朝》《王祥卧冰》《摘牡丹》《十二弯月》。他们每唱一曲都充满深情，明显感觉到他们都为之激动，他们不是在畅快地表演，而是在回忆、叙说，是在感慨。深厚的唱功字正腔圆，饱满抒情，他们将我带回了艰难而又快乐童年。

五

带着师徒三人赐给我的感动，闲暇之余，从互联网上搜索了秧歌小曲的相关内容。所谓《通渭小曲》《陇西小曲》《安定小曲》《会宁小曲》等内容大同小异，唱腔也基本相同，大概是由于人们的乡土观念，或为了突出地方本位，编辑者给小曲冠以各自家乡的名称。这使我联想到人们常说的话：五百年前是一家，都是大槐树底下来的。在历史的长河间，因为政治或气候的原因，人们像树上的鸟儿，不断迁徙。南方的人们北上，与原来的定居者共同开疆拓土。所谓"五里不同风，十里不同俗"，大概就是这个原因。顾名思义，秧歌是人们插秧时所唱的歌谣，《牧牛》中"头戴草帽、身穿蓑衣""三月里来桃花儿开、四月里来水仙花儿开"的句子，具有明显的南北结合的特征。

　　秧歌的小曲内容不外乎三个方面，首先是祭神祈福，我知道的有《十炷香》《天官赐福》等。其次是歌咏历史，秧歌以特有的方式传唱着历史的传说与故事。《二十唐朝》的前三句"一举贤良二孟姜，二郎爷担山赶太阳，三人哭活了紫荆树"。内容看似浅显，却不见得能完全明白它的具体含义。一举贤良是姜子牙还是比干？二孟姜一位是哭长城的孟姜女，那另一位是谁呢？二郎爷担山赶太阳倒是较为明确，上古时期出现了十二个太阳，二郎爷担着大山埋掉了十一个，剩下今天我们头顶的这个。上古多水，有大禹治水的传说，还有后羿射日的传说，传说不单是空穴来风，有它历史真实的一面。三人哭活了紫荆树是讲我们田家人的故事。话说远在唐朝，西安市三田村田氏兄弟因为分家而闹起矛盾，把祖上栽的紫荆树都给气死了，弟兄三个幡然悔悟，抱头痛哭，哭得死去活来，感动了上天，紫荆树又复活了，于是兄弟和睦，家业进一步得到振兴，后来三田村更名为现在的三贤村。再次是传承孝道，孝是中华传统文化基础和道德核心。家庭是社会的细胞和基础，在社会服务尚不发达的今天，赡养老人还得依靠家庭成员的力量。可是，好多人却将自己赡养老人的责任提前推卸了，使一部分老人在"社会孤岛"上生活。不过，《二十四孝》树立的形象标准太高，比如郭巨埋儿，放到现在该是"郭巨埋母"了，记得鲁迅先生在他的杂文里批评过这过于苛刻的道德观念，但我们不能因为其过激，而否定其合理的一面。

六

小唱的主要内容还是生活情景的再现，比如《织手巾》《绣荷包》《摘牡丹》等，还有《十二弯月》，多么富有诗意的名字，使我马上联想到《诗经·七月》，"七月流火，九月授衣。一之日觱发，二之日栗烈。无衣无褐，何以卒岁。"《诗经·七月》我读过好多遍，曾经试图按照它的体例写一首反映乡村生活的诗歌，一直没有成功，却发现它就在秧歌的小唱里。

正月里来是新年，纸糊的灯笼儿挂门前，风吹灯笼儿嘟噜噜转，依嘛儿哟。

春节过年，家庭的社会主体地位得到集中体现，祭祖、敬神、拜年、走亲访友、唱秧歌。朝着祖先坟墓的方向烧着纸钱，磕头念叨，据说祖先的魂灵便跟着子孙们回家了。小时候我常想祖先到底在哪儿呢？在爷爷恭敬地掌着的盘子里，还是提前跑到客房里去吃精美的祭品？母亲病逝了，我才知道祖先就在我们的心中啊。

二月里来龙抬头，西河水往东流，水龙王夕出江边转。

天气就是天意，十年九旱的山村，水龙王自然成为人们顶礼膜拜的对象。正是农历二月，我和妻子沿鲁家沟的石峡去会宁，往日干涸的河道间居然流水潺潺，原来是洮河水终于跨过半个世纪的梦想，翻山越岭，滋润起陇中干坼的土地。一路上，我总觉得这条人工河流得太平静了，同时，我在想20世纪50年代参与引洮工程的老者会有何感想。

三月里来三月三，桃花开来杏花绽，采蜜的蜜蜂花心上站。

蜜蜂问"是桃花依旧笑春风，还是春风依旧绽桃花"？

四月里来四月八，娘娘庙里把香插，给奴家使上个小冤家。

农历四月初八是佛诞日，寺庙要举行浴佛法会。与妻子去会宁铁木山，看门人不让妻子进入佛殿，于是我对铁木山并没有什么好感，他们将善女人拒绝在佛门之外。

五月里来五端阳，杨柳斜插在铺面上，雄黄药酒过端阳。

满腹才华的屈原，在流放期间哀叹人们的生活多艰难，长太息以掩涕兮，哀民生之多艰。

六月里来热难当，叫一下丫鬟搭凉床，搭下的凉床渗骨凉。七月里来秋风凉，叫一下丫鬟缝衣裳，手拿钢剪刷啦啦响。八月里来十五节，家家户户来玩月，西瓜月饼桌上献，依嘛儿哟。

这歌谣该是出自一位贵族的手笔，六月为什么不唱割麦？七月是收获的季节，把酒邀明月，千里共婵娟，也是人们对美好生活的向往。

九月里来九重阳,黄菊花长在路两旁,有心折无心戴。好就好在"有心折无心戴"。

十月里来十月一,家家户户送寒衣,把寒衣送进坟茔里。十一月里来冷寒天,铺开被儿暖开毡,怀抱上小冤家坐夜半。

腊月里来整一年,茶烟秤上二两三,抹胭脂弹粉把年过。

小冤家长大后,再也记不起坐夜半的情形。一年,一生,我们行进在回家的路上。

2015年4月24日初稿
5月10日修改

母亲

母亲出殡时,父亲站在麦地边,凝望母亲的灵柩……

一

母亲出生后几个月,外祖父去世了。三年之后,外祖母改嫁,于是母亲就有了两个家,一个在陇西县和平乡马儿坪,一个在陇西县和平乡南支湾。

在我童年时,母亲常犯癔症。有一次,母亲躺在床上休息,我和五弟坐在她身边玩,她向我俩痴痴地笑,我俩也跟着她笑,突然发现她神情不对,吓得我俩撒腿就跑。那时,父亲在邻近的文树中学教书,他常请来方圆百里有名的中西医为母亲看病,但效果总是不佳。于是阴阳先生就成了家中常客，天底下没有阴阳不会看的病，可也没有他们能治好的病。敬神、驱鬼、祭土，各有各的说法，各有各的做法。

已故的范先生和我祖父同龄，小楷写得十分工整，人很随和，记得我摆弄他的毛笔，他也不生气。范先生说外祖父的坟不稳当，让我和二哥用驾子车拉着病中的母亲，由他领着，到十多里之遥的外祖父坟上去祭奠。由于山洪冲刷过路面，凹凸不平，下山坡时，我俩不小心将驾子车拉翻了，幸好母亲没有受伤。记忆中那是我第一次去马儿坪，眺望阳光照射的山峦，它是那般雄伟，崎岖的山路也是那般漫长。

外祖父的孤坟上被老鼠打了好多洞，范先生摇着铃铛念经，母亲跪在坟茔前一边烧着纸钱，一边呜咽。我想母亲是在哭自己，于是我也默默地哭，我哭母亲。后来迁了外祖父的坟，母亲再没有犯过癔症。这件事致使以前不相信迷信的父亲开始虔诚地对待神灵。我和父亲时常争辩，我说孔子在《论语》中说过："未能事人，焉能事鬼，敬鬼神而远之。"过分地迷信是愚昧的表现。迷信也许是人们在苦难中寻求的心灵慰藉。

1998年我有了自己的房子后，带母亲来检查身体，发现她患有糖尿病。回去后，父亲每天按时提醒她吃药，由于父亲的精心照料，母亲的糖尿病一直控制得很好。2009年到2010年母亲先后做过两次白内障手术，本来是简单的手术，但由于母亲血糖高的缘故，手术变得格外复杂和麻烦。记得2011年腊月，母亲不小心摔倒在雪地上，摔伤了大腿。父亲电话中说不要紧，可半个月过去了大腿却不见好，不能翻身，疼得难以忍受。五弟借了辆越野车，我俩穿越皑皑雪地去探望，我们将母亲拉到榜罗镇医院做x光检查，检查结果：粉碎性骨折。接着又拉她到定西做手术，手术后，母亲才可以拄着双拐在家里挪动。我曾向妻子感慨："人生不同时段有不同时段的意义，母亲在世的最后几年，活着就是为了活着。"妻子安慰地说："母亲幸亏遇上了父亲，一生一世也该知足了。"

二

母亲知足吗？就在她股骨头手术后，抱怨五个儿媳都不在身边，还得年迈的父亲为她做饭。我劝慰道："只要父亲身体好，就是你福大，还会有谁像父亲一样对你无微不至地照顾呢？"

人之初，父母的关爱化成子女烂漫的童年。人之老，几许子女又使他们领略夕阳无限的美好？关于麦地，我最早的记忆是跟在收麦的母亲身后玩耍，我如果无聊了，或是什么事不如意了，就跟母亲耍脾气，于是母亲让我骑在她的脊背上，母亲一边拨着小麦，一边驮着我，麦穗在眼前摆动、摇曳。

我弟兄五个，当时都在念书，家中只有母亲和祖父两个劳力在农业社挣工分，经济自然拮据。记得夏天的黄昏跟着大哥到农业社麦场上去分粮食，麦场上人群嘈杂，负责分粮食的会计高喊户主的名字，某某家几升几角。看着别人家用驾子车拉，而大哥只扛着一个麻布袋子，心想农业社的麦垛子那么大，分的粮食却这么少。

不仅粮食少，布料也是凭票供应。夏天村子里学龄前的孩子光着身子乱跑，天真地享受着自然。我第一次穿新衣服时，大哥教导我要好好念书，将来当了干部会时常穿新衣服，戴新手表。我一直对穿着并不感兴趣，到现在穿上新衣服都有点不自在的感觉，也不喜欢戴手表。记得我考上甘肃政法学院时，父亲问是否买块上海表，我毫不犹豫地谢绝了。母亲虽没有缝纫机，但她会服装设计，弟兄们的衣服全凭她亲手缝制，到家里来请教的人也不少。记得上三年级时，一位女老师看我穿着母亲改制的青上衣说怎么给小孩子穿青衣服呢？可又不自觉地夸母亲的针线好。母亲还有一项技能是会接生和为婴儿看病。她不无得意地常常提起，有一年回娘家，途中遇上一位怀抱病重婴儿的妇女，母亲凭经验告诉她治疗的方法，结果孩子的病就好了，那位妇女在当地称赞说她简直遇上了一个神婆婆。

现在，苦荞在市场上很走俏。小时候吃纯苦荞面苦得实在叫人难以下咽。"怎么这么苦呢？""不苦不来！"母亲喜欢用如此简单而意味深长的话教导我们。她也许一生也走不出60年代挨饿的阴影啊！

三

母亲盼望我们早点长大，因为满十二周岁，就可以挣得半个工分。对于农活，我什么都会做，可是除了出力气，什么都做不好。上学前曾跟着祖父为农业社放羊，走遍了村庄的沟沟坎坎、坑坑洼洼。上学后为自家放羊，几个男孩子在一起打扑克，羊群交给叫平儿的女孩子去料理。那时正流行歌曲《在希望的田野上》，麦收晚归，望着村庄炊烟袅袅，吼上几句"我们的家乡，在希望的田野上……"觉得分外过瘾，因为我们告别了贫穷、告别了饥饿，实实在在，愉快地劳作在充满希望的田野上。

母亲是小脚，每次到远山的地里收割庄稼，不管中午的太阳多么火红，她都不回家，当我们将午饭送到地头时，她依然慢慢劳作。她常说，不怕慢，只怕站。干什么事情要多一点韧性，不能中途停下来，要学会用功，才会有好收获。

1980年，榜罗镇长征小学三年级开设英语课，父亲带我到长征小学念书，由于在家中野惯了，受不了父亲的约束，不想去。母亲劝说道："你才傻呢！家里缺粮，你又吃不好，跟着你爸，你可以吃上白面。再说，你要好好学习，长大才会有出息。"可惜英语课开了两年又停了，我一直为没有学好英语而遗憾。单位司机张师打趣说他有一天在街上看见我牵着儿子的小手，边走边说："田田，爸爸英语没学好，你可要学好呀！"

初三毕业后我没有考上通渭县一中，这令父亲大失所望。我到山坡地去割苜蓿，累了，将苜蓿顺山坡摆成一溜，躺在上面，一如躺在绵软的床上，和煦的山风拂过脸面和困乏的体躯，好生畅快，仰望蓝天，厚重的白云飘过，我发愿一定要走出山梁，在更广阔的天地工作、生活。

在"落魄江湖载酒行"的日子，母亲总是惦念我，问候我。结婚后，我每年长假回家，都会帮助父母干些农活，我很喜欢农村庄园的清静。家是什么？家是见面时母亲惊喜的神态和离开时母亲在村边依依的身影。

四

2012年腊月二十七,向来身体健康的父亲突然胃出血,经过一周时间的全力救治,病情稍有控制,父亲怕死在医院,坚决要出院,我们以准备后事的心态将父亲带回家,可喜可贺的是父亲的病情逐渐好转。父亲病重期间,母亲由侄女陪伴。父亲回家时,母亲由侄女搀扶着来看望父亲,虽然焦虑,但平时脆弱的她倒显得分外平静,喃喃念道:"没想到,你真的要先我走了。"

随着父亲病情好转,全家人也开始轻松起来。正月初九,天气晴好,我将布艺沙发搬到院子里,和母亲坐在沙发上沐浴温暖和煦的阳光,母亲忠实的灰猫趴在沙发帮子上,我让侄子照了个相,留下了那个瞬间。母亲对我说,尽管前几年做了几次手术,每一次手术带给她多一点光明,她很想活着,可是现在第二只眼睛也开始模糊了,今年孙子们都回家,她都见了,也想过世了。正月初十,母亲向大家说该准备后事了,三哥没有听懂,责备母亲不该说不吉利的话,母亲说是她要去了。那天下午母亲失去了语言能力,半身瘫痪了。

我先是休假,后来请假,想尽量多点时间照顾母亲,但时间一长,不好意思反复张口向单位请假。无意中从新修订的《老年人权益保障法》中看到,应当保障赡养人探亲休假的权利,但没有实施的相关规定,法律条文倒像是一句空头口号。后来和老龄委的朋友谈及此事,他说我的观点和一位专家的一模一样,我的认知只是切身的感受而已。

端阳节前夕,我请假去看望母亲,我向她说我去坟上祭拜祖父祖母,让先人保佑你,母亲十分高兴,"啊、啊"地答应着。晚上,我给母亲喂完水,问道:"喝好了没有?"她竟吐字清晰地回答道:"喝好了。" 我说:"你先睡,我看看书。"她愉快地答应道:"啊。"同时,脸上浮现出几个月以来从没有过的笑容,那般舒展,好像是天上飘逸的云彩;那般清净,好像是消除了世间所有的苦痛;那般恬淡,好像是本来就没有忧伤和烦恼;那般美丽,好像是山野间盛开的鲜花;那般慈祥,好像她觉得儿子永远在她的身边。

　　一周之后,母亲走了,走的时刻面容慈祥、平静,无怨无诉,无声无息。小弟为她颂着佛经,如月清明。她的娘家为她送来特意定做的献饭,在哀婉的唢呐声中,侄子侄女跪成两排,一个接一个将献饭传到灵前,我是第一次看到这样的礼仪。仪式就是传统文化的精神内核,仪式是人们内心情感的公开表达。愿母亲在九泉之下安息!

2013年中秋节初稿
2013年9月23日修改

乡村掠影

一

　　雨后湿漉漉的山野间,散布着嫩绿的麦田,即将抽穗的麦苗焕发向上的生命力,妻说她想起了朱自清笔下的"女儿绿"。雪白的梨花点缀在村庄间，空气分外清新。父亲在村口的园子里锄韭菜。

二

母亲病逝后，我们想，父亲一定得和子女们一起生活。但不论去嘉峪关、定西、通渭、陇西，父亲都待不长时间，他总是想着自己的庄园。是啊，习惯于农村生活，在城市的楼房里，父亲像一只寂寞的鸟儿，因为他热爱土地，喜欢在自己的土地上进行自己认为有意义的劳动。

父亲是有主见的人，我理解父亲想以自己喜欢的方式来生活。他像一名隐士，喜欢与自己种植的各类蔬菜和花卉对话。

三

我喜欢乡村，乡村是社稷的基础，它随着城市化的进程而变革，随着社会思潮的涌动而涌动。我想以细腻的笔触，发掘乡村生活的内涵。

四

我独自走在乡间的山路上，拾到一枚黑色的瓦器残片，擦去尘土，磨光的绳纹线条在阳光下熠熠生辉，于是我相信村庄古老的存在，至于什么年代毕竟无从谈起。就这一枚残片，使我感到莫名的满足，我已陷入这种没有意义的考古癖中。

五

雨后的山路十分洁净，树荫下，一只肥墩墩的老母鸡在路旁的草丛间啄食黑色的叫麦牛儿的蚜虫。我太熟悉麦牛儿了，因为上村小前，我和伙伴们经常捉它来喂家中的鸡，在捉麦牛儿的过程中，认识了它的许多同伴。有磕头虫，将它的身躯轻轻压住，它就会"吧嗒、吧嗒"地磕起头来。还有屁股尖尖的屁巴虫，用一根小柴棍在它屁股上敲打，如果它分泌出汁液来，说明天会下雨。为了预测雨是否会来临，不知牺牲了它们多少个生命。

六

人们夯筑山堡时在堡外堡内取土，堡外取土之后，形成了自然保护山堡的壕沟，同时增高了堡墙的高度。堡内有意留存原来的山头，表达了人们对自然的敬畏。至今，人们还来到堡子中祭奠山神，并在上面栽了一棵酸刺。

风和日丽，极目四望，遍野青绿、心旷神怡。人们常讲要开阔视野，望着迷蒙的远山，我在想人的视野范围到底有多少公里。最东边是两座屹然耸立的山岭，大概是远在百里之外的华家岭吧，我在榆中的亲戚家眺望马衔山的白雪时，亲戚向我介绍道："看起来近，步行远哩。"

七

看到下岔村对面满山的树木，想起小时候缺水的季节，大哥常在下岔的沟底间去挑水。于是下山去看泉水，路途上满地黄花间坐落着几户人家，正好一位农夫牵着两头牛，我用手机拍照，想起《黄土高坡》的歌词："我家住在黄土高坡，大风从坡上刮过。"泉水还在，也许是水咸的缘故，人们不再饮用。在陡峭的崖边上，两位牧羊人问我从哪里来，我说明来意后他俩热情地笑了。

黄土层的厚度并不均匀，观察黄土层与红土层分明的界限，我相信黄土高原风成说的理论，也相信黄土经历过冰川纪。我家住在黄土层深厚、土质疏松的地带，所以打不出水井。

八

下岔村住着陇右革命烈士蒙之廉的大女儿，蒙之廉是我的二舅爷，她是我姑姑，姑姑有两个女儿。母亲在世时，姑姑常来我家，由于她没有儿子，总是非常忧郁，说话声音也很低，我好像从来没有见过她的笑容。她和母亲是好朋友，常来我家跟母亲谈心事，母亲经常安慰她。

姑姑家的大铁门被一只大铁锁反锁着，我站在门外试着喊她的孙子九英的名字，应着我的声音，跑来一个伶俐的小孩，他睁大眼睛打量我。"你奶奶在吗？"他说："到阳洼看病去了。"我问："什么病？""腿痛着呢。"我想腿痛怎么会自己去看病呢，姑姑不在，我转身想回。九英却叫道："回来了、回来了。"姑姑已走到我的面前，她的面容依然那般忧郁。

一进门，姑姑让我喝茶并吩咐两个孙子找茶具，他俩坐在小板凳上看电视，入了迷，根本听不到奶奶的声音，姑姑只得自己动手。我说："姑姑你别忙乎了，我就要走呢。"姑姑却严肃地说道："好不容易来一次，咱俩说两句话你再去。"姑姑向我诉说她总头晕和身上起疱疹的事，说姑父在武山的水帘洞求了签，还在药王殿取了药。我实在想不出安慰姑姑的好办法，因为家里还放着她没有服用的一大包西药。

姑姑为我的到来感到高兴，说我大舅爷的孙女也来看过她。她坚持要将我送出村口，这时有个女孩赶着毛驴走过来,瞅了我一眼,昂着头走远了,那身影和神态是多么熟悉。在出村的陡山坡上,一位中年妇女推着铁皮架子车,只见她双臂用力一撑,架子车稳稳地停住了。问她是哪里的亲戚,她不作答。我称赞道:"攒劲得很。"她得意地笑道:"攒劲着呢。"同时,我看到她的眼角泛起红晕,羞涩地走了。姑姑说她是亲房,老二家的媳妇子。

九

在下岔的山梁上,我捡到了一块灰陶罐残片,残片改变了我回家的行程,直接向邻村的老湾村走去。就在进村的地埂上,我发现山洪冲刷过的地方,竟露出许多红陶罐的残片来,端详一番,都是素陶片,无法断代。这使我马上联想到在赵家湾和王家滩看到的残片,三个村落相去五六里,都发现了古文化遗址。

它们定然散布在茂密的森林间,因为泥土是制陶必备的材料。我想此时的他们已经开始劳动分工,即手工业和农业的分工,于是有一部分工人专门负责制作生活用具。他们有了发达的货物交易,在不出产玉的地方,往往会出土玉制的礼器。他们将自己的崇拜,绘制在陶罐上,文字的形成已开始萌芽。他们有自己的部落,有自己的社会组织和活动规则。夕阳西下,他们是否也曾这样遐想,几千年后,有人会拾起留有他们生活气息的残片,在所谓文明的世界中来遐想人类当初原始天真的生活。

寂寞的村庄,在我心头若隐若现。

2015年5月4日

乡村老干部

下雪了，天气分外寒冷，我将手捅进袖筒里，弯着腰，在妻子旁边碎步小跑。

"你将手从袖筒里放出来呀，看你的样子，怪不得孩子说你像乡村老干部！"

她是讲孩子上初中时，我们去散步，半路碰见孩子的同学，他逗留一阵，跑来向我笑嘻嘻地说："爸，有个同学说你怎么像乡村老干部。"

童言无忌，我乐了。

妻子这么一提醒，我却来劲了。"我喜欢这个称呼，我本是乡里人；老，是持重、老成；干部，是我小时候向往的职业。"

前几天我还在想，城乡二元结构该自古有之，"昨日入城市，归来泪满巾。遍身罗绮者，不是养蚕人。"也许二元结构的存在，使城里人对乡里人有了偏见。我想，农村人和城市人本没有差别，看中央电视台春晚专门推出农民工演唱的节目，我倒觉得有点反感，以至于无法喜欢《春天里》这首歌曲。

我甚至固执地认为，农村那些精明的村干部的组织协调能力比机关的领导干部一点都不差。我们村原先的老支书被评为全省优秀人民调解员，他没有念过书，却会作打油诗，没有学过法律，却善于用公序良俗原则处理民间纠纷，村间人都尊敬他。

2012 年冬

麦扇儿

漫长的一年中，有许多传统节日都会给孩子们带来欢乐。二月二、清明节、五月五、七月十五、八月十五、九月九、十月一、腊八等。

每年五月五、七月十五，还有孩子的生日，母亲都为我们烙制麦扇儿。将直径一尺左右的面饼切成四个三角形，用筷子在三角形处夹出尖尖的人头来，嵌上两颗花椒籽，两只黑眼睛就闪闪发光了，再从两边切出两条胳膊，弯曲在头顶上面，拿顶针在菜刀刻画的方格间压出圆形的图案，然后用锅巴绘成麦扇儿美丽的衣服。

母亲对麦扇儿的供应严格定量，准确一点说，一个孩子只有一两个。管不住饥饿的肚子也抵挡不住美味的诱惑，我的一份老早地消费光了，看着会计划的小弟还在享受他的份额时，就厚着脸皮向他讨要，小弟犹豫之余，极不情愿地为我掰下一块衣服花格来，并声明不能再索要。

五月五还要在手腕上戴花线，男孩子不想戴，母亲不答应，说是戴花线会预防疾病。于是我们戴上花线、拿着麦扇儿到村子里找同伴去比谁的花线颜色多，谁的麦扇儿更形象。

六月麦收季节，母亲鼓励我们拾麦穗。孩子们赤着脚，蜷着脚趾头，小心地行走在麦茬地里。后来发现顺着麦茬斜踩，就不至于被麦茬戳痛脚心。将捡拾到的麦穗整齐地排列在手心，恰像一块香喷喷的麦扇儿。

八月十五，如果天气晴好，母亲会烙制两小盘白面馍馍,把炕桌放在院子中间,摆上核桃和梨子等祭品,来供奉月亮。回想当时的情景,我写了《月亮馍馍》的诗歌,发在微信群里与朋友分享,但点赞的人不多。

母亲烙制了
圆圆而又小巧的
白面馍馍
献给月亮

月亮接受了母亲
默默的祈祷
月缺 月圆
替母亲时常挂念

孩子早已忘记
母亲祈祷了什么
定然是他偷吃了
月亮的馍馍

当时在渭源县下乡,还发了一张豆面撒饭的照片,点赞的人却特别多,于是感慨自己的诗歌竟比不上一碗撒饭。时隔几年之后,又写了一篇题为《石磨》的诗歌,发现童年的回忆一直隐藏在心中,只不过表达的方式不同罢了。

麦收季节
母亲鼓励我们 拾麦穗
用石磨磨成的白面
烙成人形馍馍

脑袋 胳膊
还有花椒籽镶嵌的
亮晶晶 乌黑的眼睛

推着石磨转动
绕的圈数多了
就会发晕
天在转 地也在转
在磨杠的尾部
磨子更轻
劳动会告诉你
知识的重要

弗雷泽的《金枝》告诉我
吃人形馍馍
也许来自原始的巫术
是为了乞求 来年丰收
在南梁，又了解到
推石磨 演化成革命精神

2015年6月25日初稿
2019年5月30日改之

煮茶

天还没有亮，窗外黑乎乎的。

煮茶吧。不知哪儿来的兴致，从博古架上取下爷爷生前用过的陶制茶罐，清洗一番，放在微型电炉上，屋子里顿时弥漫起一股奇特的味道来。

茶罐小得只能装下一口水，按照爷爷熬茶的程序，在水即将开的时分，撮一点茶叶，放在手心，捻碎，小心地放进茶罐里，水旋即开了，茶罐溢出几朵白色的花朵，喷溅在炉子上发出嘶嘶爆裂的声响。我似乎就在老家的土楼上，坐在爷爷的身边。

呷一口茶，怪怪的，是弥漫在房子里的味道，是沉淀的岁月的味道，是先祖遗留的味道，是由于茶罐弃置太久挥发茶垢的味道……

窗外落起了毛毛细雨，而我，顿时心清气爽。

2018年3月30日

榜罗故事

一

一位好学的同乡曾向我说过，作为榜罗人应该为家乡写点什么，咱们榜罗可写的题材太多了，除了1935年9月27日，在原榜罗小学召开了中共中央政治局常委会议，做出了把红军长征落脚点放在陕北的正确战略决策外，还有战国秦长城，东汉时期五言诗创始人秦嘉、徐淑，陇右第一个中共党支部,清代古堡等。

　　写榜罗会议的人也太多了。陆定一写过、将军们写过、党史研究者写过、官员们写过、记者写过,生于斯、长于斯的赤子们更是抒发激情,我怀着崇敬的心情阅读他们的作品,深受启发。

　　诗经说"民亦劳止,汔可小康"。也许将目光聚焦到当下,写今天乡亲们如何摆脱贫困,走向更加美好的生活更为适宜,可惜我长期在外,对榜罗经济社会发展的脉搏和风土人情缺少全面准确的把握,自己能写些什么呢?

二

　　榜罗是历史名镇,它的名称来源也众说不一。一说是为设立集市,召集民众张榜鸣锣,故名为榜罗。一说源于战争,由于地处边陲,每逢战事官绅张榜鸣锣,号召老百姓抵御外敌入侵。三经定西市文联雷鸣先生考证,北宋期间榜罗为吐蕃各部族所居,是吐蕃语"本多"的转音,是沟口、沟地、小盆地的意思(参见《定西政协》2014-3)。还有一说是榜罗在吐蕃语中是集市、骡马市场的意思。不去考证哪种说法更合理,我却喜欢后一种解释。前天和一位陇西朋友喝酒,他问我陇西人常说"榜罗人买猪娃儿,拉另"是什么意思?我向他介绍道:"榜罗地处通渭、陇西、武山、甘谷四县交界处,自古以来,是方圆五十公里最大的农贸市场,由于集市人多,你看中的东西如果不放另,别人也想要,容易产生纠纷。"

　　改革开放之初,榜罗的农贸市场迅速发展起来,市场上总有几个特别活跃的人,人们管他们叫"伢子"。伢子们故意苄拉着袖筒，一会藏住卖方的手摸一下，过一阵藏住买方的手摸一下，面情狡黠而诡秘，时而笑笑，时而嚷嚷，几个来回过后，表情渐渐严肃起来，看到双方还不能达成协议，顿时赤红着脸责骂双方都不要心重，旁边还有几个帮衬着，终有一方被骂得实在招架不住，委屈地成交了。那情景在我学民法居间合同时自然清晰地映入脑海，他们是"居间人"，为了谋取两元钱的居间费，最大限度地发挥着自己的协调能力。

三

清光绪年间，历经匪患的小镇终于得到久违的安宁。榜罗北街的"福顺泰"商行，店主是甘谷县贯子川的陈财主，他新收了一位伙计，伙计虽然不识字，但很有眼色，该干的事不用店主吩咐，做得井井有条。他人缘又好，主动向管账的请教算盘和记账的知识，不到半年，就掌握了经营店铺的全部技能，得到了店主的赏识。

这位伙计就是我的三曾祖父，当时，我们家住在常河乡田家河。高祖母生了九个孩子，八男一女，相传高祖母靠舔九个孩子的饭碗度日。迫于生计，高祖父和高祖母在崖湾朝阳的山坡上挖了两个窑洞垦地耕田。由于家境贫寒，大曾祖父、二曾祖父在外长期当长工。曾祖父（排行老四）在榜罗街上的蒲家当长工，蒲家的掌柜是个秀才，当地读书人少，秀才也是难得的功名，家中的厅房里挂着木制的牌匾，榜罗人称作硬牌硬匾，还挂有当时通渭县县长冷文炜、陇西县举人的字画。

去年，经当地古董商介绍，我去蒲家做客，想看一下他们家藏的古书，可惜没有看到。古董商说古书肯定是有的，是由于他在的缘故，蒲家人不便拿出来。

话说三曾祖父得到财主的赏识，乃至信任之后，财主将"福顺泰"委托给他，每年只需缴纳固定的利息，其他一切事务由三曾祖父全权处理，相当于现在的承包经营，三曾祖父成为名符其实的商户。上榜罗小学期间，有个姓张的同学告诉我，他爷爷说，我太爷弟兄八个，田三是榜罗有名的商户，特别厉害。当时我并不在意，后来才知道，同学是榜罗镇原国民党自卫队队长张功臣的后代，张队长在国民党正规部队当过兵，枪法超群，能打断百米之外的铁丝。

三曾祖父取得"福顺泰"的经营权后，家境得到了极大改观，他帮高祖父母修建了山庄。又用"请会"，就是邀请当地有钱人进行集资，然后分期偿还的方式，在榜罗积麻村购得土地一百亩，安顿了二曾祖父、曾祖父。在榜罗坪道村购得土地五十亩，安顿了六曾祖父。由于三曾祖父对家族的贡献，在家族内赢得了至上的威望。父亲说小时候三曾祖父到家里来，就像皇帝驾临一般，曾祖母不让孩子们发出响声。

创立了榜罗的基业后，三曾祖父放弃了"福顺泰"的经营权，到武山榆盘乡为马财主做管事，并为自己在榆盘乡的南家河买了四十亩地，准备晚年在此安家落户。南家河依山傍水，青溪河在门前流过，由于地势低，盛产蔬菜。不幸的是三曾祖父到南家河时间不长，发病医治无效而终，享年四十多岁。他被葬在南家河对面的高山上，我站在他孤零零的坟墓前，想起于右任的诗："葬我于高山之上兮，望我故乡；故乡不可见兮，永不能忘。"真是天苍苍，野茫茫，山之上，家有殇。

四

曾祖父生了四男二女，祖父排行第三。曾祖父通过辛勤劳动，家业逐渐殷实起来。父亲的家谱记载：有近两百亩土地、牛四头、驴两头、羊二十多只。

民国十八年，陇中大旱，农民颗粒无收。榜罗四罗坪、嘴下的两百多个饥民在春节前夕发生暴动。他们首先围攻了本村的唐方家，唐方家大掌柜精明，说道："娃娃们，你们先到别处去找，明年开春我给你们想办法解决种子。"

于是饥民们抢了坪道村的张家。得知饥民起事的消息，庄间人都跑到对面山顶的土堡。曾祖父晚了一步，黄昏时分，正好被饥民逮个正着。他们将曾祖父吊在房梁上，用火把在胸膛上烤。粮食是全家人的性命，但难以忍受剧痛的曾祖父说出了藏粮食的土窑。曾祖父被火烤得昏厥了过去，他是在有生之年去了一趟炼狱。

饥民们在夜色中挖掘藏有莜麦的地窖，由于地面封冻，进展并不顺利。土堡里的乡亲们站在堡墙上燃起火把，使劲地捶打着锣钹，祖父弟兄拿着火把吆喝着往山下跑，锣钹的声音像一阵阵浪潮，激起饥民们的心虚与慌恐。饥民们看见山梁上跑动的火把，害怕了，于是披着夜色溜走了，其实只差一铁锹他们就可以挖开地窖。

第二年春天，即1930年的农历惊蛰，饥民们去唐方家要求兑现承诺,大掌柜却说:"我明明说你们去外面找,找不上了想办法,你们不是去了坪道和积麻里吗?"饥民们愤怒了,马上包围了唐方家的坐家堡。

唐方家自然是一块肥肉,打磨的"狮头"房檐都要值十石小麦。初春的夜晚寒风料峭,几十个饥民守在堡门前商议围攻的步骤,他们没有想到大掌柜在堡墙上吊一根粗麻绳滑下堡墙,朝西到陇西搬请自卫队去了。大掌柜当机立断到陇西县城去搬自卫队来镇压饥民,他的沉着与果断似乎证明着他早已预料到这么一天。

第二天太阳刚从东边的山头冒出来,西边的山梁上走来二十多个肩扛钢枪的陇西县自卫队的队员,太阳将黑黑的枪管照得熠熠闪光。饥民们赶紧开鼓鸣锣,大家一窝蜂地向位于川中间的官堡子跑去。等自卫队下山安排了作战部署,饥民们也在惊恐与慌乱中关好了两道堡门,跑到城墙上,严阵以待。

自卫队长查看了地形,堡壕又宽又深,堡墙又高又厚,于是决定用钢枪作掩护,派人拿着浇了油的胡麻秆烧开堡门,然后冲进去,就地剿灭。由于堡墙高,自卫队找不到合适的角度,"砰、砰、砰"一发发令人心悸的子弹都变成为空弹,烧堡门的士兵一爬进堡壕,城墙上的石块就如雨点般砸下来,若不是胡麻秆遮挡,早已丧了几条性命。

战事持续了一周,却没一点进展。自卫队的日常经费非常昂贵,每人每天二十大洋,大掌柜急得像一头困兽,他已经支撑不住了,为自己的决策后悔莫及。自卫队队长也渐渐失去信心,准备撤兵。大掌柜怎么能够同意呢?他无论如何不让撤，打算让饥民困死在堡子里，不然他们一家哪儿会有活路。

就在他俩争执之间，有人看到堡门前有棵大榆树，突然有了灵感，建议在榆树上架两杆钢枪，封住堡楼。榆树和堡墙一般高，可以平行射击。一阵子，从堡墙上栽下去三四个饥民，堡子内的防备器材也消耗殆尽，人们开始用簸箕抛掷土块。自卫队一边用钢枪掩护，一边轻松地在堡门前堆了两大捆浇满油的胡麻秆，燃烧起来，火势猛烈地向堡墙上直蹿，结实的木质堡门也迅速燃烧起来，饥民纷纷跳下堡墙，没有摔死的都被自卫队枪杀了。当时在堡子内的饥民只活了一个绰号叫"郭猴子"的，后来当了村上的干部，唐方家大掌柜也得到应有的惩罚。

五

小时候，我常想爷爷为什么不跟着毛主席去陕北呢？1935年爷爷娶了榜罗东沟红岘村大富汉蒙家的女儿，奶奶聪慧能干，做得一手可口的饭菜。红军来的时候父亲刚刚出生，爷爷正沉浸在美好的生活当中。爷爷说红军大部队来的前几天，村间来了两个穿黄制服的军人，他们向一位牵着马的乡亲走去，那个乡亲老远将马笼头解下来，在马屁股上使劲一巴掌，枣红马旋风一般跑掉了。有人分析那是红军的侦察兵，想跟乡亲商议征收战马一事。

不过，祖父确有一段当兵的经历。在家谱中有详细记载："民国二十九年，国民党榜罗镇镇公所派兵一名，或交马一匹，价值小麦三千多斤，折银圆三百多块。"经家庭商议，父亲是当兵的最佳人选。父亲在平凉驻防时，有一个夜晚，全连哗变，集体逃跑，不幸父亲右手和左腿各中一枪，失去了两根手指，天亮时，他蹚过了平凉河，跑了十多里路，上了山顶，与藏在高粱地里的同乡王某相遇，王某见是个血人，未敢相救。王某回家后，将实情告诉了大伯父，给家人未敢漏言。父亲又走了一程，便昏倒在只有几户人家的王家山上，乡亲们将他抬放在庄子下面的一个瓦窑中，天快黑时，一位老人领着乡亲们又看了一回，父亲还有气息，便把瓦窑打扫干净，给灌了些汤水。第二天，父亲苏醒过来，老人用菜叶包裹等民间治伤的办法精心治疗，几户人家轮流送饭，一个多月后，便能行动。当时正值六月青黄不接的季节，父亲自己省吃俭用，拄着拐杖接济当地困难户，和乡亲们建立了深厚的感情。伤愈回家时，他们难舍难分，像亲人一样送别。父亲看着太阳，一直朝西走，沿路讨饭，终于在农历八月底回到家，家人喜出望外，祖母一看他的手和腿，便号啕大哭，只有大伯父暗自庆幸，高兴不已。

祖父说话办事，可谓谨言慎行，凡是遇到琐事，祖父总爱说的一句话是"君子言贵，小人（穷死鬼）话多"。人世间有君子之道，必有小人之行。他看我喜欢酗酒，曾经劝诫我，我也为自己酗酒之事懊悔不已。修养的最高境界也许不在于如何成功，而在于如何尽量减少过失。

一周年祭日，我因为公务没有去祭奠，写了一篇怀念祖父的文章，对他从军经历的描写和父亲家谱中的内容相似，但文笔没有父亲的精练，叙事没有父亲的准确。但与祖父一起生活的细节叫人难以忘怀。

我曾在四月离开黄土高原的村落,五月从秦岭以南的碧野回到满目荒凉的家乡,那股强烈的对村庄和世世代代生存在这块贫瘠的土地上坚韧生命的敬意,我贫乏的文字至今难以表达。

祖母去世一年后,祖父也平静地离开了人世,享年八十七岁,安息在他厮守了一生的祖母身旁。曾看到祖父因为思念祖母孤独地生活,他离世时,我竟然没有沉痛的伤悲,然而过去的日子常常萦绕在脑际,为他写几行拙劣的文字似乎是压在我心头的责任。

从我记事时起,祖父就在为生产队放羊,我时常跟着他将羊群赶到向阳的山坡,眺望远方公路上来往的汽车。有几年夏天,他为生产队看豌豆。那时粮食少,人们吃不饱,不管大人小孩,都会在豌豆即将成熟的时节偷摘豌豆角。祖父傍晚收工归来的时候,我和弟弟就会跑到祖父跟前,祖父总会从贴身的小夹袄里掏出豌豆角给我俩充饥,那些保留着祖父体温的豌豆角成为我童年里挥不去的记忆,以致在物质生活充足的今天,每次在街道上遇到卖豌豆角的小摊贩,就会想起山村遍野红白相间的豌豆花。

实行家庭联产承包责任制以后,父亲在外教书,我们弟兄也正在学校读书,年近古稀的祖父再次成了家中的主要劳力。生产队分给我家的那头瘦骨嶙峋的大黄牛,经祖父精心饲养数月,便浑身滚圆、温顺而强健,人人见了都夸养得好,牲口是农家之本,全家人都非常喜欢它。1989年我在兰州上学时,收到三哥来信,信中提及老黄牛被卖了，我心里感到十分难受。祖父也念念不忘饲养多年的老黄牛，说："如果卖给农民，兴许还可以多活几年，如果卖给贩肉的，不就让人宰了嘛！"

祖父闲不住，午饭后常常走到田间地头观察庄稼的长势，一如将军检阅士兵。一家七口人近三十亩承包地，每块地里庄稼的长势祖父都了如指掌。麦子即将成熟的季节，祖父总是喜欢摘一颗麦穗，放在手心里认真地反复揉搓，然后捧到嘴边轻轻吹口气，麦芒和麦衣就纷纷飘落，于是，手心里只剩下胖胖的、黄澄澄的麦粒。

1993年8月，五弟考取南京电力专科学校，我承父亲的嘱托送他上学，回到村边时，年逾八十的祖父依然在洋芋地里劳作，我想给祖父照张相，于是他拍拍满身的泥土，欣然答应。绿荫环绕的田野，年迈而有些憔悴的祖父，将他的微笑永远留在我的记忆中。

记忆中祖父总是每天凌晨就起床，傍晚歇工，一天两顿茶，缺一顿都不成，这也算是祖父一生最"奢侈"的享受吧。祖父喝茶时，祖母也时常陪着喝，茶是苦的，苦即是乐。历经六十余年的患难与共，相扶相持，祖父祖母两人从未吵过架，成为我们后辈过日子的榜样。祖父生前消化不好，爱吃水果，我曾在祖父祖母跟前说自己争取考南方的院校，放假回家时就能多带些咱们没有见过的水果给祖父吃。祖母高兴极了，逢人就夸，但终究没有如愿。

接到祖父病重消息的那天，我特意买了些水果，匆匆赶回家，祖父已经三天没有进食了，家人说这是文祥买的，吃一点。祖父慢慢睁开眼睛，静静地看着我，艰难地说：

"不吃。"看着消瘦的祖父,我不禁悲从中来。

六

1947年腊月榜罗集市上,东西南北两条街摆满了各地的年货,有甘谷的豆腐、武山的红辣椒、陇西的糖果和毛店的黑枣,还有绵软的细洋布,拓制的五颜六色的门神和灶王爷。往来人群中,有吃了腊月八的小米稀饭疯狂购置年货的,也有转来转去,纯粹浪街的,人山人海,好生热闹。

在集市正热闹的时分,榜罗镇镇公所走出两个穿着洋棉布长衫的男人,一个是副镇长——我的二舅爷蒙之廉,一个是榜罗镇土地最多的魏效武。二舅爷身高一米八以上,走在大街上,比旁人高出了一个头,他谈笑风生、风流倜傥。拥挤的人流为他们俩尽量让出一条通道,并投去羡慕和敬畏的目光。

十字街靠西,阳光照射的店面前,一位不知来自哪里的盲人卜者为人们摸骨算命,由于说得灵验,围观的人越来越多,生性不羁的二舅爷向魏效武笑笑,魏也会意。魏效武将手伸给卜者,人们屏住呼吸观望着,卜者一边掐摸着魏效武的手,一边说:"你是饿死的命。"人群像炸开了锅,纷纷说这人在胡说,如果连魏效武都会饿死,他们怎么活呢?魏效武旋即气愤地将手抽开去,嘲笑道:"我抠着吃砖窑里的粮食,也不至于饿死!"

二舅爷笑道:"生死无常,先生给我看看。"卜者接过二舅爷的手,认真掐摸一阵,松手说道:"你有受不尽的牢狱之灾。"也许这样的论断正好触及二舅爷心底的秘密,他怔住了,好一会儿才缓过神来。因为,二舅爷是陇右地下党毛家湾支部的负责人。

1948年6月,偏僻的榜罗镇,人们在忙着收割扁豆。那天二舅爷到榜罗镇的王家滩去看大女儿,他正好看到国民党自卫队队长张功臣带着四名士兵,到毛家湾逮捕了陇右地下党党员毛麟章。不容分说,三舅爷飞也似的沿山沟向榜罗镇方向跑去,可跑过了几里路,却想起了二舅爷藏在枕头底下的手枪,他又跑回家,将二舅爷的手枪藏进坑洞里。自卫队也正好来了,搜寻一阵,看二舅爷没在,沿山沟向榜罗镇出发了。

三舅爷无奈地跟着自卫队在半山腰跑,自卫队走的是捷径,而他跑的是弯路,他没有办法超过自卫队,在桃园地界远远地看到二舅爷戴着礼帽,低着头朝家的方向走来。情急之下,他想撕破嗓子喊一声:"二哥!"声音到嗓门口,他又将自己的嘴堵上了。三舅爷脱下草帽,朝着二舅爷狠命地挥舞,心里边焦急地喊着:"二哥!你抬抬头。"此时,张功臣也看见了二舅爷,心中充满意外的惊喜。二舅爷被逮捕后,关押在自卫队戏台旁边的小房子里,第二天就被押解到了通渭县县城,1949年9月被国民党活埋在张掖贺家山。

1954年土改期间,由于魏家绰号叫"干五"的看门人详尽的供述,魏效武的资产全部被没收,当时"干五"年龄小,魏家藏粮食并不避忌他。最后连他家的砖窑都被收拾得干干净净,魏效武死于饥饿。

有人说自卫队逮捕二舅爷是因为史家庙姓张的叛徒告

密，为了知晓真正的原因，大舅爷蒙之端和父亲去兰州拜访过当时陇右地下党的负责人、时任省委秘书长的万良才。父亲说万良才的办公室铺着红地毯，由于那天刚下过雨，他俩的布鞋上沾着泥巴，在红地毯上不敢落脚，万良才十分热情，给舅太爷写了信，称呼为蒙伯伯。二舅爷被自卫队逮捕的原因是马街山一党组织被国民党破获，并非叛徒告密。万良才在甘谷"安远事变"受伤后，在舅太爷家休养了三个月。舅太爷家成为陇右地下党的"窝子"，即地下党联络和隐蔽的地方。

七

2013年农历五月，母亲去世后，我和小弟两家参观了榜罗革命文物陈列室，在二舅爷蒙之廉的肖像前缅怀他。虽然有热情的馆员陪伴着，但我似乎比他了解得更多，对各类文物更熟悉。二哥在纪念馆工作过，上小学时我也在当年毛主席住过的房子里生活过，读过纪念馆馆藏的革命小说，还有《诗韵集成》。我向馆员介绍了榜罗的古文化遗址，他显然高看我了，让我写毛笔字。我说还没有练好，等练好了，一定会写的。

同年7月，父亲在定西住了一个月，由于没有事干，我动员他写榜罗20世纪60年代的社会变迁，写收集革命文物的过程。父亲欣然接受了我的命题，写成了《关于红军长征在榜罗遗留文物收集情况的说明》，令我感动：

1968年，榜罗中小学合并，改名为长征学校。1969年春季，我调任长征学校革委会第一副主任，主任由当时公社党委书记陈建邦同志兼任，同年开办高中。我就任以来，学校开展了革命传统教育，高中一年级五十多人利用政治课时间，分赴榜罗街上、李家嘴、下店子、岔口、牛孟头、孟上川、王家滩、积麻川、寺罗坪、涧滩、落鸽湾等村庄，收集红军长征留下的文物，并采访了目睹过红军和知情的部分老人，了解相关情况。工作结束后，进行了全面总结，写成书面材料，给同学们宣讲。并由教师张治国（病逝）、葛金芳（原武汉师范大学教授、党委书记）编写了剧本，由学校文工团负责人陈福堂老师组织排练后，在县委宣传部组织的全县文艺调演会上演出，受到了县城群众的好评。

1978年7月，我第二次回榜罗中学任教。县文化教育局负责修建了革命文物陈列室，文物大多都在，材料和剧本是否也在，我没有问及。近几年，榜罗红军长征纪念馆得到中央的高度重视，被列为全国爱国主义教育基地，扩建得雄伟壮观，我但凡到榜罗街上都要在院子周围观看一番，一方面，不到开放时间怕打扰工作人员，另外，里边的文物我都熟悉，所以未进去参观过。后来中小学分家，我去了文树中学任校长，不知材料和剧本当时分给了哪个学校保存，也许早已遗失了，但主要内容我还记得一些。

（一）收集的遗留文物

1. 标语十多条。收集时据老人们回忆，红军来到榜罗后，在多数家户的墙上写上了标语。红军的写字部驻在北台社，那里家家户户的室外室内都写满了标语。陆定一在《榜罗镇》一文中写道："蒙蒙的细雨，天还没有完全亮，一切都是暗沉沉的……我们支队政治部的干部们，在街上走，走到会场去，通过鼓楼的下面时，有人把手电筒打亮了。"这段话与老人们的回忆完全相符，因为会场在南，从北到南，必须经过鼓楼，说明陆定一的政治部就驻扎在北台社，即老人所说的写字部。

红军离开榜罗后，时间不长，街面和室外的标语被国民党镇公所清理了。室内的直到1958年全民用青土刷墙时刷掉了。现在收集的这十多条，分别是从北台社张锡名、蒲家老奶奶，尹家台社闫广晶，下店子两户人家的后墙上收集来的。据群众反映，这几户家长性子强，不响应当时的刷墙号召或房子无人居住等因素，标语才保留了下来。张锡名是我小学的同学，后来他成了街上有名的厨师，人称"跑师"。我去他家时，他非常客气、热情地接待了我。他家客房很简陋，后墙上红色的内容为"中国共产党是无产阶级的政党"的标语很醒目。蒲家老奶奶的客房是半亭子，三面墙上有很多红军挂枪时用木棒打的眼，后墙上红色的"打倒于学忠军阀""打倒鲁大昌军阀"，两幅标语好像新写的一样。后来学生将标语拓制在玻璃上，保留了字迹的原样。

2. 炮弹三枚。根据当地老人回忆，一枚落在下店子堡子附近，一枚落在榜罗街上的涝池里，一枚落在积麻川郭家门社的半播洼山上，均未爆炸。杨定华回忆录中的"当我们的部队陆续进入榜罗镇时，飞机又来了三次，因为部队太聚集了，同时因为先头部队进入市城的关系，人马比较拥挤，一时散不开，又无隐蔽，所以被飞机发现目标，给了我们一定麻烦，一连投了五个炸弹，均未命中，故红军未蒙丝毫损伤,只是麻烦了二十分钟而已。"这段回忆与老人回忆的情节基本相符。这三枚炸弹直到1961年学生收集时还放在堡子墙原国民党自卫队住过的地方。

3. 群众慷慨交出保存的文物。当时征集的有牛皮包、竹子扁担、木桶、背篓、铜币等。南街雷凤琪家交出一个很大的木碗。

(二)分析确认了中央领导人的住地

毛主席和中央领导人住在什么地方,当时没有多少历史资料可供考证,我在资料上看过毛主席长征时的警卫员陈昌奉写的两篇回忆录。一篇写的是在毛儿盖,主席住在寺庙里,一天主席随部队去集粮,昌奉因跑肚子没有去,主席回来时,昌奉也集到了一些粮食,毛主席问是哪儿来的,昌奉回答,他把用木头做的神像取开,从神像肚子里倒出来的。另一篇大意是:从通渭县城出发时,他用布袋给毛主席背了许多油饼,路上衣服油了,被毛主席发现了,问怎么回事,昌奉说了,毛主席问:"我们出发多长时间了?"昌奉答:"一年多了。"毛主席说:"那我们吃什么呢?""靠当地群众。""你那袋子背多少呢?快把油饼分给大家吃了。"根据这些资料,我向公社领导建议,可否找陈昌奉了解情况。当时的公社党委书记闫玉祥同志向县委建议,县上请示省军区,请来了当时任江西省军区副司令的陈昌奉将军,他到榜罗后,对曾经在榜罗的印象不多,令我们非常失望。在无法确定的情况下,我们只有从以下几个方面分析认定。

1. 杨定华回忆录中写道:"榜罗镇有个小学,供给很多报纸、杂志给红军,中国共产党及红军领袖阅读后,觉得关于日本在我国北方侵略的许多材料,亟待分析和讨论……要避免同国民党作战,迅速到陕北集中。"陆定一在《榜罗镇》的回忆录中写道:"昨晚通知,今天清早五点钟召开全支队连以上的干部会议……天还没有完全亮,我们支队政治部的干部们走到会场上去……我们在一个小学门口排起队来,司令部、供给部、电台的同志都来了,集合之后,我们走向会场,是一个露天的空场,是晒麦的场子。"从这两段回忆录,确认毛主席和中央领导人曾经住在小学。

2. 街上的打麦场很多,连以上干部会议的会场选择在小学门口前的打麦场上,为了让领导人方便参加会议。

3. 据当时目睹的老人回忆,小学周围架满了无线电。榜罗街上北台子有位老人,人们都叫"叠五爷",是国民党的兵痞。我曾和他谈过话,他说他胆子大,红军来了他没跑,被红军叫去,让他从南河湾给小学伙房挑水,当时小学周围安装了许多无线电,他去南河湾路过打麦场时一个人正在讲话,他停下来要看,跟他的一位红军战士说:"不要看,毛主席正在讲话呢。"

岁月荏苒,自己已到耄耋之年,将那时的情况加以说明,如果当时的材料还保存着,则是多此一举。

八

在家乡,每年春节,人们喜欢在门楣上写上"耕读第",我家也不例外。七曾祖父熟读《四书》《五经》,民国期间在榜罗坪道村开办私塾,他的门生李炳青当年考取了陇西师范，祖父也在他的私塾里识过字，有小学文化程度。祖父也爱书法，记得不管是父亲带来谁的书法作品，他都认真地去看，然而从不发表评论，他和乡亲们一样，将书法视为文化的象征，从骨子里崇尚它、喜欢它。

六曾祖父的儿子子繁从通渭一中高中毕业后，任榜罗小学的教师，后来改行在什川乡医院当医生。八曾祖父的儿子子实从通渭一中初中毕业后，当过漳县的户籍员，在榜罗镇当镇长多年。由于子实缺少权谋，性格温和，人称"软镇长"，倒落了个清廉的名声，榜罗街上的乡绅联合社会上层人士，为他送去硬匾。因为招待客人，只小麦挥霍了三千多斤，致使六曾祖父和八曾祖父产生了矛盾，分了家。子实先八曾祖父去世，他的硬匾做成了棺木，在另一世界中为他遮风挡雨。

高祖父的后代中，第三个上通渭一中的该是我了。

通渭一中是1939年由榜罗人闫文臣举资创建。他毕业于北京政法学院（现中国政法大学），想必是榜罗第一位大学生。

1985年我上通渭一中时，正在修建教学大楼，由于教室紧张，我们被安排在木楼的一楼，二楼没有使用，楼梯也上了锁。木楼东西两边都有玻璃窗户，分外明亮，刚从西北师大毕业的王老师为我们朗诵碧野的《天山景物记》，那标准的普通话令我佩服，好像是播音员的声音，"雪峰、溪流、森林、野花……"令人产生无边的遐想。王老师喜欢朗诵课文，而榜罗人发音很重，zh、ch、sh等声母不分。比如我姓田，"田"在家乡就被叫作"千"，吃西瓜,我常说成"吃西国",至于"宁夏"与"临夏"、"牛"和"刘"更分不清楚了。记得王老师叫我朗诵课文,我一张嘴同学们就哄堂大笑,其中有一位同学的嘴巴笑到耳根上去了,因为我将天山景物记读成了"千山景物记",至今还有同事笑话我发音不准确,现在想来真是"乡音难改鬓毛衰"。

四爷于1951年从陇西一中毕业,在陇西县财政局工作期间上过兰州大学的前身——甘肃法政学堂。1954年9月调到冶金工业部黑色冶金设计总院宣传部工作,后任总院宣传部部长,1987年离休。四爷去世好几年了,今年4月我到复兴门去看四奶,在军博地铁站为了保护前面险些摔倒的乘客,我擦伤了左手,我当即想四爷是否在惦记我呢?

九

我在榜罗王家滩的地埂上找到过一块齐家文化的素陶残片,还有一小块无法断代的彩陶片。当时,我写了一篇《瓦碴地》的日记,是这样叙述的:沿着地埂仔细观察起来,地埂上散落着零星的素陶残片,想必是犁地的人顺手扔上去的,有陶罐罐口的,也有罐底的,有光滑的,也有绳纹的。认真观察一会、想象一番陶罐本来的大小和模样,已乐在其中了。地埂的土层间也有残片,我没有工具,只得用手去抠,一阵工夫,收集了一堆。令我欣慰的是,居然发现了一块齐家文化双耳陶罐的耳朵残片,还在地埂上的草丛里,意外地发现了一块彩陶片,惊喜之余,惋惜残片太小,难以判断所属年代。拥有一块从自己家乡发现的陶器残片，远远胜过在古玩店欣赏一个完整的彩陶。

通过古董商的介绍，我参观了谢家湾马家窑文化遗址，也欣赏了破损的马家窑彩陶盆，他说有人出价六千，他没有卖。后来，又听说文树石沟出土了石岭下类型的彩陶。记得姑爷早在 20 世纪 80 年代耕地时就挖出过齐家文化的玉钺。我想这些都应该得到有关部门的重视，使榜罗的古文化得到保护和发掘。

去年春天我去了一趟传说中的秦家坪，据说是东汉诗人秦嘉的故里。从榜罗南河桥上坡，碰上一位拉着人力车的农民。我向他打听秦家坪的具体位置，他说："这就是秦家坪，咱俩在秦家坪上走着呢。"他似乎对秦嘉的传说颇有了解，说："秦家坪就在榜罗，可惜咱们没人，硬是让外地人赖到县城去了。'文革'期间做水利时还出土过长长的汉瓦。"

关于秦嘉故里，至今没有定论，我在中华书局《诗品全译》的注解上了解到在陇西县西南，符合榜罗的地理位置。什川乡也有秦家坪，听说榜罗桃园村有徐淑的坟墓。经何珏先生考证，秦嘉故里应在通渭县城，于是在县城西山底下修了秦嘉、徐淑公园，不管他们俩的故里在榜罗还是什川，在县城修公园无可非议。历史的真实只有一个，揭开历史本来的面纱定然是极大的乐趣。

轰鸣的推土机在秦家坪平整着山地，我问场区的工人是否发现过东西，他们明确地说没有。站在秦家坪上向西望去，榜罗镇的风光尽收眼底，左边是同治年间的土堡，右边是榜罗中学的教学楼，稠密的民居瓦房间点缀着新修的楼房，榜罗在发展。愿榜罗腾飞，愿乡亲们尽快小康！

2014 年 12 月 10 日

露水河

一、露水河

五月端阳，绿色的清晨洒满晶莹的露珠。杨柳依依、朝雾蒙蒙，我和妻子来到麦地轻轻甩打露珠，晶莹的露珠染黑华发、湿润面颊，清凉渗透我落满尘埃的肌肤，村庄里响起音乐，回荡愉快的笑声。回来向父亲谈及麦苗上的露珠，父亲笑着说："那是露水河。"

二、教师节

阳光明媚，敛去连绵的阴雨与醉意。妻问我："教师节，有什么礼物？"拨通电话，以最大的嗓门问父亲："是否会有人来拜望老师？"他说："按照我的想法将园子收拾好了！"

三、牵牛花

园外的荒地间，藤缠叶茂的牵牛花，从夏到秋，绽放粉红的花朵，素雅美丽。可是，它悄悄地来到园子里，布满每个角落，成为我除不尽的烦恼。不经意之间，发现那些拔了根，丢弃在院子里的牵牛花，其枯萎藤蔓又在土壤生根，于是，我感到生命的顽强。喜欢牵牛花，但不想让它成为我园子里的主人。我更欢喜于意外的发现——野草的力量。

四、老黄牛

西安碑林石刻艺术馆里陈列着汉唐石犀、石狮、石虎等瑞兽，驻足在石牛前，我仿佛看到三十多年前，我家的那头老黄牛静静地卧着反刍，不知何年何人掰去了它那对坚实的双角，我走过去摸摸它平滑的脖子，老黄牛向我投来温顺、安逸的目光。

祖父从镇子卖牛回来，好长一段时间念叨它是否会被送到城市，变成人们餐桌上的佳肴，父亲安慰祖父，我也觉得难受。

原来，我们的记忆，竟陈列在艺术的殿堂，叫我将往事回想。

五、村庄的传说

——*祖父向父亲说，父亲向我说*

以前，村子里有一户养十对牛的富汉，叫总门下，总门下种着村子里所有的川地。

阳坡的山地间，有一座山神庙。山神庙斜对面是总门下的祖坟。

有一位风水先生向总门下建议，如果将山神庙搬到别的地方，将会出一位将军。

山神庙搬到邻近的村庄，总门下的祖坟里出了个"阴将军"。

"阴将军"几乎害了总门下家的所有人，只剩下一个名叫牛娃的男人。

牛娃没本事，填不饱肚子，于是，就出外谋生。

牛娃走后，再没有回来过，直到现在，再没有牛娃的消息。

六、谷雨

我一直以为谷雨节气的名称来源于农事，因为家乡有句民谣：谷雨谷，种了胡麻迟了谷。

看过一篇关于文字起源的传说，黄帝的史官仓颉创造了文字，文字的发明产生巨大威力，吓得鬼神夜哭。同时，也感动了上天，下了一场谷子雨，于是人们将这一天称作谷雨。

　　文字的发明经历了漫长的过程，我想古人在与大自然交流过程中，不断摸索表达语言信息的符号。比方说鸟，古人会画出一个鸟的样子来，仰韶文化时期的彩陶上的变形鸟纹、水涡纹、青蛙纹、鱼形纹等都是文字的萌芽。为了简捷，后来形成象形符号，历经几千年，由少到多，逐步形成完整文字系统。

　　天上到底下过谷子雨吗？这传说有趣，也耐人寻味。

2019 年 5 月 4 日

通渭温泉

　　初中上地理课，学到有关温泉的知识，老师以通渭温泉举例说明，并延伸开去，讲"温泉冬涨"是通渭八景之一。"万壑琼瑶早雪天，灵泉汩汩泛青烟。"不过我那时还没有去过通渭县城，也没有去过温泉。

　　直到上了通渭一中，星期天和同学借自行车去温泉。那是我第一次去温泉洗澡，在淋浴下站了十几分钟，就忙着要擦身子。在城里生活多年的同学笑我傻，怎么连澡都不会洗，先要泡，后要搓，再洗头发，一一讲下来，令我有点反感。不就洗个澡，至于那么复杂吗？

印象最深的一次是和爷爷一起洗澡。有一天中午放学，校园内熙熙攘攘的人流间，爷爷喊我的名字，只见他肩膀上背着我小时候用过的花布书包，两个白生生的锅盔多半露在外边，爷爷见了我，亲切地笑。原来，爷爷皮肤瘙痒，他来温泉洗澡治疗。第二天，大哥将自行车驾在顺路的"东风"车上，让我陪爷爷去温泉洗澡。那天洗澡的人很少，一个大水池，只有我和爷爷两个人，我洗了一阵，水烫得我有点发晕，而他躺在水池里舒服地搓摸浑身的肌肤，花白的胡子漂浮在水面上。爷爷体质好，臂膀上隆起结实的肌肉，叫我好生羡慕。我坐在池子边欣赏爷爷享受的模样，觉得很有趣，也很快乐。

　　大哥曾试图投资温泉项目，但中途流产，当时他们正在做矿泉水的生意，由于口感不太好，没有取得预期的经济效益。后来别人投资温泉洗浴项目，生意十分红火。从榜罗镇开车送大哥去通渭县城，请大哥洗了一次温泉，谈起开发温泉的事，他没有作声。五十知天命，从国有企业领导到下岗，他实在没有必要抱怨。

2015年6月17日

野山洼

　　妻娘家靠阳的山坡叫野山洼，山不高，光秃秃的。

　　妻说："野山洼上以前长满各种树木，春天里山花烂漫，秋天里果树飘香。"野山洼上有两眼山泉，妻小时候，常和兄弟去山泉上抬水，包产到户后，人们砍伐了自家地头的树木，山泉里的水也渐渐干涸。

野山洼旁边有一条小山沟，三四百米长，山沟深处黄土层和红土层接合处渗着水，水不大，流不到沟口，但山沟间十分湿润，长满茂密的沙棘，成群的野兔和野鸡出没其间，村里没有人去捕捉它们，因为沙棘长得太深。

山沟里有半透明的石英岩，我想用它磨一块简单的工艺品，苦于没有手艺，也没有时间。于是捡了两块稍大的发白的石头，刻上"野山洼"三个字，抹上红印泥，放在老家后院的园子里，每次看到石头，我就想起远在三百里之遥的野山洼。

我带妻到野山洼周围寻找古人类生活过的遗迹，没有找到，然而离野山洼三公里的蓝星村有齐家文化保护遗址。

妻让我写一篇《野山洼的儿女们》的文章，由于题目太大，我没有写。其实，我想写一点有关尕姨娘的文字。岳母姊妹四个，尕姨娘最小，比妻大四岁。尕姨娘和岳母嫁在同一个村庄，住在野山洼对面的山坡上。尕姨娘有两个儿子，老大当了招女婿，小儿子叫尕旦。尕旦憨厚老实，待人实诚、热情，眼看三十岁了，就是找不上对象，姑娘家都嫌尕旦太老实。尕姨娘托人为尕旦找了患有癫痫的媳妇，尕旦不嫌弃，尕姨娘似乎也很满意，梳头、做饭，像照顾自己女儿一般照顾着她。尕姨娘常常给妻叙说她们一起生活的快乐片段，又说又笑，一点没有抱怨。

尕姨娘婆婆八十岁的那年，中风瘫痪了，一病就是两年，其间我和妻多次看望过她。每次去，尕姨娘都将土炕收拾得干干净净，房子里没有一点异味。听妻说，尕姨娘年轻时，婆媳关系一般，但尕姨娘在我面前从不提及过去的事。尕姨夫待人也特别热情，有次去给他拜年，他伸长脖子，将头几乎塞进炉膛里，急着为我生火煮茶，还说茶叶好，是女婿专门为他买的。原来尕姨夫视力不好，随着年龄增大，已经影响到正常生活。尕姨夫特别爱听秦腔，经常拿一个单放机，乐在其中。

2019 年 6 月 11 日

碾园

农业社的碾盘废弃之后，被搬到村小的操场上，用来稳定篮球架。后来村小配置了质量好的篮球架，碾盘被搁置在校园内的地埂上，碾滚子放在前院的角落里。

春日雪后天晴，我独自在村小散步，树上的雪消落在碾盘上，跌落的声响，惊得一只不知名的山雀从树枝上腾起，鸣叫着飞向校外。碾盘经过雪水的清洗，显露出褐红色的石头纹理，湿漉漉的，分外清晰。经过的岁月的磨砺，碾盘周围的棱角已经圆滑，用手摸一摸盘面光滑处，细腻如它曾经磨制的小米。

我写了首诗，发在朋友圈，有人马上评论：诗好着呢，但是说布谷的叫声明显不对，因为初春还没有到布谷鸟回来的时间。我没有回复，他说诗好，也许更多的是鼓励。

碰上村小的校长，我问学校还有用碾盘吗？如果没用，我想收藏它，因为它是村庄的回忆，也是我的回忆。我童年时，碾盘被放置在农业社的饲养场，饲养场是我们总爱去玩耍的地方，那儿有牲畜和家禽，有爱和孩子说话的郭大爷。郭大爷喜欢用铜火盆喝茶，还喜欢给我们讲村庄的故事。

校长听了我的想法，爽快地答应了。碾盘和碾滚，一个完整的碾台。于是我高兴地请人将它放在自家院子里，碾盘当几案、碾滚作板凳，在碾台嵌上我从战国秦长城遗址和古文化遗址捡拾的残片，这成为我不无创意的收藏。于是我就给园子起了名字，叫碾园。

在碾园里，我会静下心来反省自己，忘却城里的生活，忘却烦恼。年迈的父亲喜欢陪我在田间劳作，我用铁锹翻土，他撒播种子。面对土地，就像面对洁白的纸张，充分发挥自己的想象力，用铁锹和铲子进行创作。春天，在有限的空间，我和妻想试着种下以前村庄并常见的蔬菜和花草，我想让山村多一分绿色。

春华秋实，让我俩带着喜悦的心情，去收获。

2019年6月20日

第二辑 春风微澜

安居

我在机关楼不足七平方米的小屋度过七年的单身生活后,终于在高楼林立的城市借得一间墙壁剥落的砖房开始家庭生活。乡村教书的妻子每次回家,总是将坑坑洼洼的砖头地面扫得干干净净,于是,生活变得惬意、温馨。

在砖房里住了半年,又怀着欣喜搬进岳父闲置的一套平房。恰好单位集资建房,虽然房价不贵,但不名一文。懊恼自己三十未立,身无居所,便狠下决心,东拉西凑地借债,终于在欢快的鞭炮声中搬进了属于自己的房子。朋友范君知道后,说好不容易搬进新居,怎么能不进火呢!于是买了几串花炮,从两边窗子燃起,接着我们二人开怀畅饮,说一斤正好,酒逢知己,两斤方足。

新居虽无装潢,但已债台高筑。妻说只要一家人平平安安,钱总会慢慢还清。妻子为此制定了周密的还款计划,从而改变了我花钱大手大脚的习惯。有人说现代社会,经济拮据会制约你的想象力。对于我而言,是想象力的贫乏,难以改变经济的拮据。

妻子依然在乡村学校当她的园丁,而我终于改变在夜色中漫步的习惯,努力为自己近乎空白的心田,重新营造充盈的家园。经过十几年的积累,家有二三百册藏书,文史哲不分家,家家都有,家家零落。起初信心满满,大有一蹴而就之势,后来为自己精心制定了读书计划。

静中观心,真妄毕见。

安居感并非仅仅来自舒适的生活,还源于内心的坦然,

"此心安处是吾乡。"不论身处逆境顺境,生活是富足还是平淡,抱朴守拙才是根本的处世之道。

坚持阅读一段时间后,自然萌生写点什么的冲动。握笔在手,不是思绪无状,就是晦涩的文字传递不出所思所感,笔锋柔弱得连自己也难以卒读。抽屉里塞满零零碎碎的手稿,妻子回家时加以归类整理,她戏谑文笔幼稚与粗糙的同时又舍不得毁掉。

改善生活固然是人生的目标和使命,但知足常乐,只有不断丰富、成熟自己的思想,才能为心灵寻找安居之所。

是夜,灯下漫笔,聊以自慰。

1998年4月19日

茶与酒

曾经在《诗刊》上看到关于茅台酒厂酒文化陈列馆的介绍,但我并不感兴趣。出于好奇,从博文书店买得叶羽晴川编著的《茶道》一书,闲暇之余,粗略地翻了翻,发现内容翔实,作者引经据典地分析,可见一番苦心。其茶禅同境的境界,自惭望尘莫及。

茶是我们生活的必需品。祖父生前常在黎明时起床,然后在擦得油光锃亮的火盆上燃起柴火,一罐茶直喝到天蒙蒙亮便开始整天的劳作。如果你到农家去作客,盛情的主人便会邀你上炕喝茶,他们喜欢喝罐罐茶。去年春节我去村里拜访一位年逾花甲的长者,见他放着电炉不用,却生了一盆柴火，在氤氲的烟雾里过瘾，乃真趣也。

我喝茶一直随意，一位亲戚开了茶铺，我时常去看茶、喝茶，竟渐渐对茶叶产生了的兴趣，看了叶羽晴川的《茶道》，才了解茶道的深远。茶道是我国传统文化的重要组成部分，它影响着世界，尤其是日本，茶饮得比我们更讲究。

定西"苦甲天下"，张贤亮在他《土牢情话》中形容宁夏某地区的贫困时说："这个地方比我去过的定西还穷。"这句话像枚钉子，牢牢地钉在我的心里。如今你去定西，无论何时都能够喝上南方的新茶，相信随着生活水平的提高，人们喝茶的品位也会越来越高。

爱好喝茶的人说喝好每一杯茶，对爱好如此虔诚的态度叫人钦佩。关于酒，有道是"喝酒微醉，花看半开"。《说文解字》云："醉，酒卒也。各卒其度量，不至于乱也。"说得正切其理。

每次看到街头那些进城务工的农民，畅饮价格低廉的白酒，感到非常亲切。酒中有痛苦与欢乐，我知道他们的乐，也知道他们的苦。曹操"对酒当歌，人生几何"的喟叹，感召着好酒人的激情。仔细一想，酒不也是文化的象征吗？家乡人定亲时要喝酒，面对祖宗，一杯水酒落地，就会达成不可更改的婚约。这种遗风虽被现代文明所演变，但并没有完全淡出我们的生活。

酒是忧患的解脱，屈原但愿长醉不复醒；酒是隐者的乐趣，陶渊明"携幼入室，有酒盈樽"；酒是灵感的源泉，李白斗酒诗百篇；酒是权谋的手段，宋太祖"杯酒释兵权"；酒是贫富的象征，杜甫愤书"朱门酒肉臭，路有冻死骨"；

酒是婉约的惆怅，柳永"今宵酒醒何处，杨柳岸晓风残月"；酒是豪放的终结，苏东坡"人生如梦，一樽还酹的江月"。历代圣贤对于酒的热爱，为我们酿造了回味无穷的甘、醇。品茶可以修身养性，饮酒却可以修养礼仪。但凡饮酒而循于礼者，可谓高手。由于自己也好酒，同事和熟人时常无端地问："今天喝醉没有？"叫人无法作答。诚然，我是喜欢酒的，记得非马有一首《醉汉》："左一脚十年，右一脚十年，母亲啊，我正努力向您走来。"似有同感，令人回味。

茶和酒一样，联通古今，体味世情。可谓"世间万物一瓯中，慢品细啜趣无穷"。曾经在兰州大学遇到一位正在攻读硕士学位的山东人，他本科毕业后分到令其他学子羡慕的单位，却说自己不胜酒力，无法适应工作环境，还是喜欢清静的校园。岁月荏苒，在属于他的校园里，定然桃李芬芳。多少年后，我怅然自问，喝酒有那么重要吗？也许他是对的。

远离喧嚣，捧一壶清茗，笑看春风，该是怡人的境界。

2004 年 5 月 5 日

莫愁

莫愁女前留个影，
江山秀美人风流。
乡村的音乐课极为简单，老师拿一根小竹竿，一边打着拍子，一边领唱，跑调了，再来一遍，如此反复。老师很少讲乐理知识，更不用说音乐欣赏了。于是我将《莫愁啊，莫愁》的歌词"莫愁女前留个影"理解成了"莫愁，女前留个影"。那时十四五岁，用川端康成的话说："这家伙情窦初开了。"朦胧间体会到女孩如花的美丽，想接近，却咫尺天涯。于是就拿"莫愁，女前留个影"来宽慰自己。

　　直到参加工作，送五弟到南京去上学，坐在列车上领略八百里秦川成熟的玉米，沉沉的雾霭间，仿佛置身江南阴雨绵绵的水乡，我才真切地体会到江山如画的内涵。列车快到南京站时，听广播介绍南京名胜古迹，才知道南京莫愁湖边有个莫愁女。

　　到学校一打听，莫愁湖就在南京电力高等专科学校对面的河海大学的后面。南国的夜色似乎比家乡来得早，吃过晚饭，天色已暗，暮色中迫不及待领着小弟向莫愁湖走去。古典建筑的小四合院里，衣袂飘逸的莫愁女亭亭玉立在小小的池塘间，我简直不敢相信眼前的景致，这难道就是莫愁湖？问小弟是否知道莫愁女的故事，他说大概是北方嫁来的公主。那夜，我俩又乘兴游览了南京长江大桥。后来小弟告诉我，那天由于天色和匆忙的缘故，没有注意到那里还有通往胜棋楼的通道，莫愁湖大着呢，绕湖一周得走一个多小时。

　　荷花开放的季节，随旅行团重游莫愁湖，在胜棋楼听导游介绍明朝的各位皇帝，一时难以形成完整的概念。对于明朝的历史，我只阅读过吴晗的《朱元璋传》，给我的体会是朱元璋太暴虐，太偏狭，我并不喜欢他。有朋友问我知道《明朝的那些事儿》吗？我实在知之甚少，有时间还是要涉猎的。

  花儿含羞笑，
  碧水也温柔。

  我为什么喜欢荷花，细想起来，可以找到诸多原因。在唱《莫愁啊，莫愁》时，同时也学周敦颐的《爱莲说》。老师对其"出淤泥而不染"的精神大讲特讲，作为要背诵的课文，我摇头晃脑地背了又背，现在却忘得所剩无几。那时自己还没有见过真正的荷花，在甘肃政法学院看《封神榜》电视连续剧时，听到"让生命化作那朵莲花"的歌词，叫我回味无穷。对于荷花，还是徐志摩写得婉约，"最是那一低头的温柔，像一朵水莲花，不胜凉风的娇羞。道一声珍重，道一声珍重，那一声珍重里，有甜蜜的忧愁。"忧愁又来了，依然甜蜜，不妨多多益善。

  啊——莫愁，啊——莫愁，
  劝君莫忧愁。

  佛家讲万物都有性情，万物的性情是否是观照者心情的反射，似乎是一个非常复杂的命题。不过，我也是万物中的一员，与有性情的万物进行交流，心灵会得以片刻歇息。

  人们对景色的体会总是由心境所支配，美好的春花、秋月，"春花秋月何时了，往事知多少？"李煜的词简约、深沉、脍炙人口。"莫愁湖边走，春光满枝头。""莫愁湖泛舟，秋夜月当头。"同样的景物，截然相反的情调。80年代初期，可谓政通人和、百废待兴。人们以明朗、爽快的节拍，歌唱自己的喜悦和希望。春秋时期吴国季札能够通过音乐感受国家的现状，并预测未来，或许真不是空谈。

三十年后，打开电脑，再一次回味熟悉的歌声，难免又泛起淡淡的忧愁。"少年不识愁滋味……为赋新词强说愁，而今识尽愁滋味，欲说还休。欲说还休……"

2015年4月17日初稿
5月6日修改

春风微澜

早晨刚上班，同事便笑嘻嘻地问："我有贾平凹写的《通渭人家》，你看不看？"原来她从《定西日报》特意裁剪了《通渭人家》的文章。贾先生形象生动的语言令人感到文章很贴近生活，我不禁笑了，用药棉擦了五遍才擦干净的皮肤确实叫人难以想象。贾先生也真幸运，一到通渭县城就碰上老太太为长着长发的姑娘开脸，并引发了他美丽的联想。都说通渭穷、缺水，当地还有吃虱、舔碗、尿盆洗脸的民谣，不过近几年通渭的生态环境得到了很大改善。

"你看，人家将你们通渭人写成啥样子了，这到底是褒还是贬呢？"我没有正面回答，说："这有什么，定西地区不都是这个样子吗？通渭还有温泉供人们洗澡呢。这是写文章的技巧，先抑后扬，你看着，跟着县长一游，就开始写通渭人的智慧和勤劳了。"

一番说笑后，我去了隔壁另一个部门的打印室，一帮人也正谈得起劲，见了我，笑声便更加灿烂了。此后，每天下班时间我都要到办公室去看他的连载，令人遗憾的是连前两篇也看不到了。

其实，贾平凹先生的如椽之笔能够触及通渭人家令人欣慰。作为地域文学的代表，他的《商州初录》《商州又录》《商州再录》，将家乡的风土民俗传向四海，可谓人生幸事。作为一个读书人，谁不愿为生于斯、长于斯的故土写点什么呢？无奈自己能力有限，只得甘做一位忠实的读者罢了。

在当代作家群里，他也算是我了解比较全面的一位。早在80年代初期我还是一个初中生时，常常停下手中的功课，去听他的《鸡洼窝人家》改编而成的广播剧。高中时背诵过似懂非懂的《丑石》，其丑到极处便是美到极处的美学观点，至今记忆犹新。后来，陆续读了他的两部散文集、一部中短篇小说集和五部长篇小说集。他的《祭父》一文叫人过目难忘，在品读他的作品时，有时难免会遇到一些困难，比如长篇小说《怀念狼》，出版商在封面上印着这是他又一力作的文字，而读罢却不知道他要写些什么。

无巧不成书。就在看了他《通渭人家》的第三天，我在街道上碰见栽剪了他的文章的同事，她兴冲冲地喊："喂，小田，贾平凹正在定西写字呢。"我说："不会吧！"她说："刚路过工商银行培训中心，看到欢迎贾平凹先生献艺的广告。"回到办公室，她邀我一会儿一起去。

下午做完公事，同事却没有来，打手机也联系不上，于是一个人找到大什字工行培训中心四楼。楼道里站着三个眉目清秀的年轻人,他们说是想看看贾平凹。我想,他们肯定是热衷于他作品的学生。有一间房门敞开着,沙发和床上都坐满了人。坐在沙发上的酒店老板我恰巧认识,他跷着腿使劲地吸着香烟。只见房间左右墙壁上贴着大小各异的行书,右面是一幅写着"三阳开泰"的斗方,也许是应时下阳春三月而写的,左面是几幅条子,条子上的诗句内容已经忘却,还有一幅写着"涵澹高远"的斗方。我问一幅多少钱,身后一位穿黑西服的年轻人说,条子二千、斗方三千。这一要价着实令我吓了一跳,口袋里借来的三百块钱似乎在告诉我不要吱声。这时酒店老板说道:"老田,给你拿一幅。"我说我没钱,只能看一下,顺便又说:"你大老板怎么不买一幅?"他道:"要价太高了,定西人哪能出得起!"我说:"就像景德镇的瓷器,人家品位高,要价就高,听说还不讲价。"这么一说,老板来劲了:"嘿,景德镇的瓷器,你猜要价二千六的瓷器我最后多少钱买了?"没有人应答,他接着说:"两百,我两百块钱掂回去了。"于是人们开始议论景德镇瓷器的买售情况,屋子里开始热闹起来。我问有没有经纪人,穿黑西服的年轻人自称他就是,说老汉因为感冒,正在休息,墙上的字是他昨天晚上写的。我说他不老呀,他接着说五十了,然后说了一些他在通渭写字的情况,说通渭的县长不出钱也写不上。这时正好有一位穿税务服装的干部小心翼翼捧着一张横幅进来了,额头上沁着一层汗珠,大家问多少钱,他说是要的,有人问是不是两千元买的?他又默认是两千买的。

由于囊中羞涩，又不懂书法，我没有勇气去敲开那扇紧闭着的房门。一个人怏怏地走下楼道，心想：与当代陇中名人的字画相比，这并不太贵，怪就怪自己没有钱，有钱人也不照样买吗？

从宾馆里走出来，明亮的太阳分外耀眼，春风吹拂着沿街嫩绿的新芽，远山还是像贾先生所写望不到绿意。这时忽然想起三毛因为害怕损坏她的神秘感，路过西安却不去见贾平凹，而我却因为囊中羞涩想见到他却没有勇气去敲门。文学使人们的灵魂进行交流，文学又使人产生距离。

2003 年 4 月 18 日

煤油灯

参加完机关篮球比赛，回家从网上了解唐朝和尚寒山的故事，欣赏寒山所作"人问寒山道，寒山路不通，夏天冰未释，日出雾朦胧。似我何由届，与君心不同，君心若似我，还得到其中"的诗句，觉得挺有意韵。

夜色降临，该做饭了，到厨房才发现没有电。院子里传来一阵阵抱怨声，心想一定是非正常停电，正好妻子来了，我说到外边吃，她却要在煤气炉上做。于是，我去买蜡烛。

夜幕下的家属院似乎比往常热闹许多，一个女孩尖声细嗓地在高层底下喊同伴下楼玩耍，楼上的同伴无奈地喊叫："我们家停电了。"如果停电时间太长，那些住在高层的居民多不方便。

小卖部点着蜡烛正常营业,灯光下显得更加俊俏的妇女说道:"咱们的家属院好哩,夏天停水,冬天停暖,要做饭的时候停电。"我买了两支红蜡烛,没有搭话,她和小卖部的老板交谈着。吃罢饭,我想躺在烛光下看一阵儿书,却发现光线太暗,书上的字迹模糊。于是换了一本《淳化阁字帖》,是晋代大臣的草书,认不得字,只能一边揣摩一边阅读,心底泛起对岁月沧桑的感慨来。

考上大学的第二年,也就是1989年寒假回家时,我发现山梁上矗立的高压电线塔那般雄伟,虽然当时还没有通电,但高耸的电线塔似乎在告诉我,告别煤油灯的日子不远了。

那个时候没有电,大家用煤油灯来照明。制作煤油灯的工艺十分简单,用铁钉在墨水瓶盖的正中间钻一个圆孔,将废弃的牙膏皮卷成圆筒,然后插入瓶盖,再把用棉花揉成的灯芯从圆筒中穿入,让灯芯两端在煤油里浸透,往墨水瓶里添上煤油,将带着灯芯的瓶盖拧好,一盏煤油灯就做好了。煤油灯陪伴我度过了我的学生生涯。不知在哪里听到"少年读书不用心,不知书中有黄金。早知书中黄金贵,高照明灯下苦心"。不用背,就记住了。后来在一本古玩书上了看到一幅题了这首诗的宋代古画,现珍藏于美国的一家博物馆,价格不菲。

高灯低亮。将煤油灯放在高处,孩子们趴在炕上或蹲在炕桌边写字。母亲在旁边陪着做针线活,孩子们却在观察母亲将针尖在头皮上划来划去,心想会不会划破头皮。时间长了,煤油灯的灯芯会结成蘑菇状的灯花来,母亲说结灯花好呢，是有好事临门的预兆。可是，时间长了，灯光就会变得昏暗，油烟也会渐渐大起来，尽管舍不得，也不得不将美好预兆拨掉。

字帖中晋侍中杜预写道"岁忽已终，别久，益兼其劳，道远，书问又简，间得来说，知消息，申省次若言面"，大概是写给家人的书信，似乎也诉说着我此刻的心情。

2014 年 10 月 11 日

散步

自己独自来兰州看望读高中的儿子。下午他要写作业，百无聊赖之际，才觉得自己是异乡异客。为了不干扰孩子的学习，随手拿起别人床头的《巴菲特成功揭秘》，想起前些日子关于巴菲特提议美国政府应向富人征税的新闻报道，就饶有兴趣地阅读起来，到晚饭时间，不足一个小时，我翻阅了目录和各章节的梗概，笑着向儿子说："这是我多少年来读得最快的一本书。"他也会心地笑了。

儿子想吃馄饨，说学校价格贵，还抢不上。我说到西北师大西门去，那儿小吃多，还可以散散步，放松放松。由于关心孩子的学习动态，一路没留意周遭的情景，谈及学习方法，我谈起自己刚才阅读《巴菲特成功揭秘》的感受，尽管只是翻阅了目录和梗概，但我已经了解了书的内容构架，认同"坚持良好的习惯，提高自己素养"等许多观点。人们虽然对大道理不感兴趣，但却可以使人受益终身，大道理说起来容易，做起来很难。不知不觉之间我们穿过师大偌大的校园，再走过天桥，就到了一家叫青玉饭庄的餐馆，里面正好有鸡汤馄饨。坐在莘莘学子中间用餐，感到十分亲切。二十三年前的自己毕业于旁边的省政法学院，说不定这里还有我的校友呢。吃完饭，我建议到黄河边走走，孩子也欣然同意。

一路上，我像导游一样向他介绍二十年来周遭环境的变迁：这儿原本是一大片菜园和桃园，不管春夏秋冬，塑料大棚里总是生机盎然。左边正在治理的大青沟沟边有一道长满大树的堤岸，堤岸上是一条灌溉用的水渠。我喜欢独自或约朋友在菜地间、黄河边散步，昔日同窗鲜活的身影似乎也正伴随我愉快地追忆。我说二十年前城乡人口比例大概是1比9，孩子抢先说现在是3.5比6.5，大量的农村人到城市来生活，城市能不越来越大吗？前几年经常到定西的西河边去看麦地，而现在那里也是雨后春笋般的高楼。我欣赏新城，更留恋麦地。

我们穿过车水马龙的北滨河路，来到黄河岸边已是夕阳西下。看到夕阳余晖映射的河面，一对对相互偎依的背影，心想流水无言，人心有语。儿子一到黄河边也活跃起来，说三叶草长得如此茂盛，柳叶却开始飘零。看着黄河风情线上别具匠心景观设计，他欢快地蹦蹦跳跳。我向他谈起早上同事道听途说的消息，说兰州花巨资修建的豪华游船"酒钢号"在试水时沉水了。他问我什么原因，当然我也不知道。失败是成功开始，黄河的水面上早该增添让人们慕名而来的景致了。

天色越来越暗，为了赶上孩子晚自习的时间，我俩加快了步伐。他在我身后轻声说道："爸，我们刚学过朱自清的《荷塘月色》。"我说："光与影有着和谐的旋律，如梵婀铃上奏着的名曲。"是比喻加通感的修辞手法，人的感官是相通的，看到轻柔的月光与水色的交融，就像听到小提琴奏着柔和的乐曲。他轻声肯定我的说法。我接着说："朱自清是一个平民学者，他将深奥的国学，用百姓的语言介绍给大家，咱们家中不是有他的《经典常谈》和《论雅俗共赏》吗？你们初中时是否学过他的《背影》？"他说学过。想起文中描写父亲攀越月台、步履蹒跚的背影，想起巴菲特的追求财富是追求想要的生活方式的理念，我心底间不禁滑过一丝苍凉，于是说："朱自清不但是著名学者，而且很有气节，他拒绝领取美国人的救助面粉，听说清华大学的校园内伫立着他的塑像。"儿子补充道："是当时的一大批学者！"我知道他偏理科，有意说道："人文科学与自然科学同样深奥，如果你能认真学习，做到心领神会，它会带给你更多的乐趣。"

夜色弥漫，打着强光的车流无暇减速，好不容易等到一辆掉头的出租车，我们乘机穿过马路。夜色中辨别不清附中南门的位置，正好碰上一位女士，问附中怎么走？她示意顺着身边的马路向前走。我向儿子提醒道："在不确定的情形下，多问路，就会少走弯路。"走过柏油路，却是通向棚户区的便道。我向儿子笑道："这回算我错了。"走在折返的路上，身后传来一群孩子的欢笑声，儿子跑过去看，而后赶上来向我说他惊奇地发现那群孩子在玩农村老家孩子们玩的用纸叠的方卡游戏。

　　回到学校,正好赶上孩子晚自习的时间,抬头看看兰州的夜空,留意到一颗悬挂在东边夜空不知名的星星。
2011年11月15日

岷县地震侧记

　　七点钟的闹铃响过,我还没有睡醒,心想睡到七点半。隔了好一阵,妻子进门问:"不上班吗?"我没有回答,问她:"天阴着吗?""太阳都照在屁股上了,还说天阴着呢!"妻嗔怪着出门去了。我拿过手机看七点四十分,于是懒懒地收拾起来。就在我坐在床边穿袜子的时候,大概是七点四十四分,我突然感到房子左右摇晃,木地板发出嚓嚓尖厉的响声,墙体似乎要开裂。"地震了!"我走向父亲的卧室,父亲的耳朵背,听不清。妻子也帮我叫,让他到院子里转一下。

　　我简单地洗漱一下,吃了几口妻子热的苦荞面饼子,心里难免慌张。妻子说她要到县医院打印父亲的病历,临出门,我笑着对妻子说:"人常说要放得下,可总是放不下。"特定环境下,自然就想开了,这也算是禅宗的顿悟吧。

　　院子里站着不多几个人,很平静,一位少妇抱着婴儿向我笑,婴儿熟睡着。大街上和平时没有什么两样,打牛奶的女老板说她没有感觉到地震,一位顾客说她当时正在看书,家里桌子上两个酒杯晃倒了。来到单位,同事说岷县、漳县发生6.6级地震,民政局局长正从兰州赶赴岷县。

打开电脑,正想记录今天的经历,突然,办公楼开始左右摇晃,楼道里顿时嘈杂起来。人们纷纷跑下楼去,我没有跟着他们跑,心想能跑到哪儿去呢。看了一下电脑上的时间,九点十五分。想给妻子打电话,转念一想:我好,她也好啊。QQ闪动着依柳望月的图标,打开一看:"我同学在岷县一乡镇,目前当地三人受伤,七八户人家的房屋被滑坡山体掩埋。"意料之中,又在意料之外。人类在造物主面前,显得多么渺小啊。

我想起前年日本大地震,惨烈的电视画面显现大和民族的沉着,那井然有序的人群令人肃然起敬。

2013年7月23日

四十问惑

最近看过这样一篇报道:田中角荣第一次访华期间,在周总理主持的欢迎晚宴上,他说过去我国给中国国民添了麻烦,对此,我再次表示深切的反省之意。次日他就不当地使用迷惑一词,向中国人民道歉,日语中迷惑意思为麻烦。告别时,毛主席在他的书房里赠给田中一部朱熹注解的《楚辞集注》,原来《楚辞·九辩》中有迷惑一词的经典用法。毛主席赠书,表示中日文化交流深刻和微妙的关系,中日双方应该从"迷惑"两个字来研究中日文化的共同点和差别。

说来惭愧，自己今年行将四十，却至今对惑字的含义缺乏全面、透彻的理解，可谓四十不惑而惑了。

　　谈起惑，我首先想到的是韩愈《师说》："师者，所以传道授业解惑也。"解惑，是解除迷惑、疑问。宋玉《九辩》中"慷慨绝兮不得，中瞀乱兮迷惑"。胸怀激愤想决绝却不能，心中烦乱有解不开的思绪。这种情结，使人油然联想到屈原流放后，"形容枯槁，面容憔悴，行吟泽畔"的情形。现在是信息社会，信息使人通明，信息也令人迷惑。有道是"真理还未起步，谬误已传之千里"，不亦惑乎？

　　《说文解字》云：惑，乱也。屈原《天问》中写道：殷有惑妇，何所讥？纣王有使他惑乱的妲己，还有什么劝诫能听得进去？说来也怪，男人昏庸，为什么一定要去责怪女人？《论语·颜渊》"爱之欲其生，恶之欲其死，既欲其生，又欲其死，是为惑也。"爱和恨交织在一起，内心不也感到迷乱吗？五十知天命的诸葛亮挥泪斩马谡，是否也感到烦乱呢？对于排解内心烦乱，还是李白唱得痛快，"弃我去者，昨日之日不可留，乱我心者，今日之日多烦忧。长风万里送秋雁，对此可以酣高楼。……人生在世不称意，明朝散发弄扁舟。"同为浪漫主义诗人，李白与屈原形成了鲜明的对比。但有谁能够理解李白写诗时的困惑呢？

　　"惑"字还有一层意思是欺骗，蒙蔽。《荀子·解蔽》"内以自乱，外以惑人。"

　　这样看来，要做到不迷、不乱、不欺确实不是一件容易的事。当然，对于《论语·为政》"吾十有五而志于学，三十而立，四十而不惑，五十而知天命，六十而耳顺，七十而从心所欲，不逾矩"应作整体理解。朱熹对于不惑的注解是，"于事物之所当然，皆无所疑，则知之明而无所事守矣。"我想可以解释为，对于事物发展的规律，都没有疑问。

2008 年 9 月 7 日

关于狗的话题

一

法学家和官员们讨论城市流浪狗应当由哪一个部门管理。有人说是公安部门，有人说是环境市容管理部门，也有人说是城管。城管不得不担负起这项工作，因为公安部门只管人的工作量就太大，哪再有精力去管乱窜的流浪狗呢？

二

狗对草原游牧民族来说何等重要，就是偏僻的村庄，狗也是看护庄园的得力助手。作为家畜重要成员，也许早在古人类狩猎时代，狗就开始为人类效力。狗是人类忠实的朋友。

三

"臣愿效犬马之劳。"既显示了君的地位，又表明了臣的忠心。走狗，是在骂没有独立人格，而依附于权贵的奴才。死狗，是在骂失去道德底线，没有廉耻的人。狗也可怜，为主人效忠，而担负骂名。鲁迅的杂文《丧家的资本家的乏走狗》,犀利的文风叫人敬畏。

四

流浪狗的泛滥,大概与资产阶级的腐朽思想有关。20世纪80年代为初中生开设的《社会发展简史》课中,将豢养宠物狗的照片作为资产阶级腐朽生活的表现形式。而现在饲养宠物狗不但不腐朽,反而大为兴盛,似乎成为一种时尚。前不久从新闻里看到美国有一只自己会用马桶的小狗,觉得非常有趣。

五

也许我们不能过分谴责饲养宠物狗的人,养狗是他们的权利。但泛滥的流浪狗确确实实成为社会问题,它影响了市容,也影响了市民正常的生活。在拥挤的住宅小区,人们时不时会听到此起彼伏的犬吠声,实在是叫人气愤。在家属院经常碰到一只浑身肮脏的小狗,跌跌撞撞地摇来摆去,叫人可怜。明显他的主人没有对它尽到应尽的义务,遗弃狗的行为使他们成为对社会不负责的公民。

六

在道德层面难以解决的问题,就得依靠法律。法学家和官员们讨论的问题,大家感同身受。也许我们对法治的理解过于神圣,法律就是行为规则,是制度。不管国家机构,还是公民个人,按照规则办事,就是法治。人人都知道红绿灯的规则,但不见得人人都能够严格遵守,是马路窄还是人们的意识不足,我看两者都有。至于对流浪狗的管理,也是一道难题。

2015年5月25日

从残片到野花

我喜欢在看似荒芜的土地上，去寻找那些散落的，引发联想的残片。

远古时代，这儿有水、有树、有肥沃的土地，因为它们是烧制陶罐必备的条件，也是人类生存必需的要素。残片上有远古人留下的零星的符号，是富有张力的语言，每个人都有自己不同的理解，我喜欢谛听那神秘的声音，它最终演变成我们今天交流的话语。

现代人也忙乎着古人在忙乎的几件事——衣食住行和审美。

左宗棠说："定西苦瘠甲天下。"据《资治通鉴》记载，安禄山兵逼长安，唐玄宗仓皇西逃，有人建议到甘肃，说："天下称富庶者，无如陇右。"在历史的长河中自然条件是变化的，我们有理由相信，现在贫瘠的陇上，曾经是最适宜人类居住的地方。

从甘南草原回来，我曾向一位长者说道："咱们黄土养人哩，偌大的玛曲县，只有定西一个大乡镇的人口。"在河西，我和同事又聊起同样的话题，比较相对富裕的河西，定西人口众多。他问人多能证明什么？我说一方面是黄土养人，另一方面是文化发达。文化是人创造的，人多的地方自然文化发达。

仅靠星星点点的残片，无法复制过去的生活场面，也无法获取完整、系统的知识。然而在家乡的土地上，激发起我这点求知欲望，就使我感到心满意足。

寂静的夜晚，我想到童年，贫瘠的土地上盛开的野花。

每逢夏天，村庄的孩童都光着身子乱跑，肚子饥了，就去挖野菜吃。辣辣、车前子、奶奶婆头、蒲公英都可以生吃，虽然充不了饥，但可以解馋。有一次，一个女孩错吃了名叫野狐豌豆的豆角，中了毒，大人给她灌浆水，才脱离危险。于是我们吸取经验教训，不该吃的坚决不吃。

家乡最好看的野花该是狗蹄花。去年，听乡镇的干部说它的学名应当是狼毒花。一团团、一丛丛，盛开在干旱的山坡上，粉白间透着娇羞的红，如果连枝叶拨一把，将鼻子埋在花朵里，会闻到香香的气味。孩子们常常将花朵串在一起，编成花冠，谁戴上它，谁便成为村庄幸福的王子。

野草是村庄的主要燃料。麦收季节，孩子们跟在他们的家长身后拾野草，由于经验不足，往往被刺根划破小手。软刺本不会伤手，但只要手在刺上有滑动，就会划破手。上小学时读过鲁班发明锯子的过程，具体原理我有贴身体会。

知识来源于书本，也来源于实践，来源于书本的知识有待于在实践中被运用和印证。对于家乡野草的认知，是否是我最早的求知经历，我也说不清楚。只可惜，我的知识就像各类残片，零散而杂乱，这也许就是我为什么喜欢残片的缘由了。

2015 年 1 月 30 日

悠悠画廊

定西书画产业日渐兴盛,据业内人士介绍,就甘肃省内来说,目前仅次于兰州,只安定区西关市场就有近二十家画廊,书画产业的兴盛可见一斑。我是行外人,对于书画没有太多研究。丰子恺曾说"有生即有情,有情即有艺术。故艺术非专科,乃人所本能;艺术无专家,人人皆生知也"。从这个角度看,门外汉谈艺术似乎也非过分之举。

去年认识了"赐宝斋"的主人,姓常,会宁人,寒暄之际,又成通渭老乡。他待人热情,时时含着笑。和气生财,前来裱画的人络绎不绝。他说自己在兰州干过一段时间,他的画廊里挂满了甘肃各界书画大家的作品,或古拙,或飘逸,当然价格不菲。看到一位多年不见的老同学也随行就市,睹其画如睹其人,平添了一份过去的回忆。

有一天,"赐宝斋"来了一位打扮时髦的女人,高声大嗓之间,透露出她是生意人,也许应该称之为老板。"我四千元买了一幅画,不知道好不好。"问是谁画的,她说:"我叫不上名字,是从下边画廊里买来的。"常老板说应该是某省的美协副主席。一幅画四千元该是不小的数目,以劳动价值论的观点衡量他的劳动,也未免凝结了过高的价值。谈起卖画,我想起一生穷困潦倒的凡·高,他的画生前只卖过五法郎,而在他去世后,他的《没胡子的自画像》在美国以七千多万美元的天价拍出,成为史上最昂贵的自画像。无缘欣赏世界大师的名画,但他一生对于艺术的近乎疯狂的追求令人感动、钦佩。他燃烧自己的激情，照亮世界艺术的殿堂。

不能不说人们对书画的欣赏有时也是盲目的。去年一位同事欣欣然向我说道："我用两瓶五粮春换了一幅书写电视剧《天下粮仓》片名的海上文峰的四尺整张，他的一幅字要价六百。"过了几个月，另一位同事向我说道："那人是假的海上文峰，他其实是某个县影剧院写广告牌的美工，被人发现以后溜掉了，许多单位和个人都上了他的当！"海上文峰的字我看到过不少，写得很不错。

"假作真时真亦假"一如过眼烟云，他的假招牌不知将他载向何方。

书画产业的兴盛是人们生活水平提高的体现，书画产业的兴盛也是精神文明的体现。书画产业的发展应当靠规范有序的竞争环境，设摊叫卖式的运营方式，除给少数人极大满足外，带给人们的可能更多是失望。

2003年7月

黄金年龄

一颗牙齿在咀嚼间随着食物咽到了胃中，旋即一阵秋风从心野呼啸而过，青春的气象似乎马上要消逝，心底间陡然泛起秋天的苍凉。可怜的牙齿，还没有咀嚼够美味和甜美的爱情，就复归于茫茫自然。

人到中年，疑惑却根本没有断尽。年年有新任务、新要求，需要你不断地学习、领会。经济形势低迷，股票却像吃了激素，迅速膨胀。小小的城市，到处在开发楼盘，楼价也持续增长。

没有鸿鹄之志，燕雀的事务却不少。从四十到四十五岁，看别人成果丰硕，可我做了些什么，总结起来找不着头绪。

我国宪法规定年满四十五周岁的公民才可以当选为国家主席、副主席。可能是四十五岁是一个比较成熟的年龄，有足够的生活阅历，有丰富的社会经验，有稳健的心理素质，有丰沛的工作精力。

这样说来，四十五岁不就是每个公民的黄金年龄吗？于是转烦恼成菩提，对生活充满了信心。

2014 年 6 月 26 日

花开的效应

你来看花，我也来看花。"花开无数叶，叶叶见如来。"

节气奇异的魔力，使山地间的牡丹哗啦啦全部开放了。单层的、千层的，桃红、杏红、紫红、黑红，品种多得让你叫不上名称。人们都想在花前留下自己的倩影，我只得远远看。看花，也看人，人们的笑脸比花朵更灿烂，更美丽。

"牡丹为什么会成为国花？"

"雍容、典雅、大方、大气。"

想起蒋大为的《牡丹之歌》，"百花丛中最鲜艳、众香国里最壮观。""冰封大地的时候,你正孕育着生机一片,春风吹来的时候,你把美丽带给人间。"

牡丹也是民间秧歌歌唱的对象,陇中小曲有《摘牡丹》:"四月里来四月八,牡丹长在刺底下。早上摘花露水大,晚上摘花刺玫花扎。" 河西永昌小曲有《十二月牡丹》:"五月里到来着哟哟,插门框哟,牡丹花开在我门上。南来北往的人有呢,围着牡丹胡瞅呢。"

用手机给妻照个相,妻感慨自己老了。是啊,牡丹的花期太短了。

2014年6月26日

酒与宴席

从《法制日报》看到一篇文章,说中国人有"饥饿基因",原意是讽刺餐桌上的浪费和公款吃喝,并说浪费的现象叫外国人瞠目结舌。我没有去过外国,不了解外国人的饮食习惯,所以作者的结论让我难以信服。由于自己也有所谓的"饥饿基因",于是产生疑问,外国人不喜欢吃吗?

舌尖上的中国。谈起地方小吃,陇西、岷县、临洮经济相对发达,小吃也多。卖陇西腊肉的大胡子,不但肉腌制得好,也特别会做生意,你想要瘦肉,他不会给你一点儿肥的,并顺手切一小块,让你尝尝。我一直想品尝一下岷县的牛骨头汤,但由于贪睡,至今没有吃过,据说要在凌晨四点起床,才能喝到。不过,粉鱼和肚丝汤是常吃的,挺有风味。临洮的热凉面是我单身期间的主要伙食,我常戏说单身生活是"四面"生活，牛肉面、炒面、热凉面、大肉面。

无酒不成宴席。不太熟悉的几个人坐在一起用餐，如果没有酒，似乎缺少了"媒介"，总感到别扭，如果有了酒，人们躬着腰、端着盘子，恭候别人诚意地喝下自己的心愿。和朋友们聚在一起，那更得需要酒了，酒是抒情的"媒介"，感情深、一口闷，闷到心智迷糊，魂灵不知道遗落在什么地方，空空荡荡，心底间忐忑不安地反思，是否有失礼的地方。

先哲们总结了酒的危害，但酒却在东西方同时存在，小小的酒杯折射着人间的千态万象。"酒令如军令"，并非是来自民间的戏言，在古代森严的礼法制度中可以找到渊源。其实我们应该为自己松绑，一杯酒，想喝就喝，不想喝，不应强喝。清淡的菜肴、自然的心曲、浓烈的情谊，虽然没有酒，却是难得的盛宴。

2015年2月6日

野丁香

在岷县出差期间，同事约我到早市上去看花。

熙熙攘攘的蔬菜市场，卖菜者面前整整齐齐地摆放着各类蔬菜，数量不多，想必是自产的。花市在蔬菜市场外的一条小街上，只有两三个小摊点，不多的几盆常见的花草，心想怎么能叫作市场呢。同事说可能走错了地方，上次他来时花很多。

　　街道左手旁的土台上蹲着一群人，高声大嗓地说笑着。卖花者站在几株不知名的小灌木前，只管木木地笑。一个年轻人从他面前利索地拿了一株，说道："五块，五块我要了。"卖花者说不成。我看小灌木品种都一样，形态不错，枝干饱含沧桑感，像画中的干枝梅，细小的绿叶生趣盎然。我问是什么花，年轻人说是野丁香，还结籽呢。问多少钱，卖花者说三十元。我说："人家的那么好才五块，十元，十元成交。"他笑着默认了。

　　怀着喜悦的心情手捧着野丁香回到宾馆，浇上水，放到小车里。晚上回定西的途中发现野丁香的枝叶末梢已经枯萎，于是在漳县大草滩的地埂上给它取了腐殖土。

　　一回家我就将野丁香栽在写满福字的紫砂盆里，洒上水，绿叶映衬着水珠在灯光下熠熠生辉，希望发蔫的叶子能在水的滋润下恢复生机。尽管每天不忘给它洒水，但枯萎的叶子从末梢向枝干蔓延，心想它本在偏僻的幽谷，或者在寂静的山坡，不知逍遥了多少个春秋，却因为中看的形体和卖花者想要获利的心理，还有我所谓追求自然的意趣，使它败落在并不适宜她的遥远的异乡。

2014 年 11 月 30 日

从早起说开去

　　每天早晨，我还在梦乡中，妻就悄悄去上班了。

凌晨,不知什么缘故,还在睡梦中的我突然连续打起喷嚏,好像可恶的感冒还没有好。喷嚏驱走了睡意,大脑也分外清醒,心想还是起床吧,早起一个小时,今天的生命就会延长一个小时啊。

中午回家,向妻子汇报,早上提前起床,朗诵了曹植的《洛神赋》,临习了一阵怀仁集王羲之《圣教序》,感到十分轻松、愉悦。如果每天能早起一个小时,一年三百六十多天,就会挤出十五天,半个月的光阴。一日之计在于晨,只要坚持一项爱好,比如说练书法,取得的效果肯定很好。妻并不作声,她是否要听其言而观其行呢?她希望我能够坚持练字。人生是复杂而矛盾的选择题,我爱好写作,有用、无用,将自己的所感、所思写出来,就会怡然自足。

是人到中年,还是自己挥霍了太多美好的时光,今年以来,感时伤怀的情愫越来越浓烈。咏叹人生短暂常见于历代文学作品中,曹操"譬如朝露,去日苦多",李白"君不见高堂明镜悲白发,朝如青丝暮成雪",杜甫 "白头搔更短,浑欲不胜簪……"我喜欢曹操,他的《龟虽寿》使上小学的我喜欢上了诗歌,也喜欢李白诗才横溢,超凡脱俗,"长风万里送秋雁,对此可以酣高楼。"杜甫历经安史之乱,他记录了时代,时代也永远记住了他。

和一位同学聊天,她问我有没有自己的时间,我当时感触颇深,时间往往不是自己的,在属于自己的时间里,干自己喜欢的事应该叫作幸福。

尽管妻子经常批评和纠正我一直以来存在的懒、散、慵、慢等不良习惯，但成效甚微，以至于渐渐失去了改变我的信心和决心。为人父母，我俩在关注孩子这件事情上保持高度一致，每周周末我们一定要去兰州看望异地求学的孩子。每次见面，我们总是不厌其烦地向他灌输"业精于勤而荒于嬉"，叮嘱他千万不能染上沉迷网络游戏等不良习气。孩子在接受的同时，也会表现出叛逆的情绪。于是，我反观自己，要求孩子做到的自己能否做到，曹操"老骥伏枥，志在千里"，何况自己还没有老矣。

　　时间是挤出来的，早起一点，你的生命就会延长一点。

2013年12月12日

戏说头发

　　头发乃血之余，不管卷与直、短与长，一头美发，令人容光焕发，精神倍增。大街小巷里的"再回首"、"发发发"、"一剪云"鳞次栉比。商店里护理头发的洗发露、焗油膏，都是美发的产品。

　　古人对发型特别重视。单是梳头的动词就有绾、结、挽。发髻有花样繁多的盘螺髻、秋蝉髻、拂云髻、飞凤髻。"闲读道书慵未起，水晶帘下看梳头"是古代文人的另一种雅兴。"钗欲溜，髻微偏，却寻霜粉扑香绵""袅袅云梳小髻堆，涓涓秋净眼波回"，则从发髻赞美女子的香艳。

　　古人信奉"身体发肤，受之父母，不敢毁伤"。古代有愤世嫉俗，剃发明志的；有一往情深，互赠头发，以示坚贞不渝的；也有剃去头发的髡刑。罗贯中笔下的曹操割发代首，以明军法。

短发为男，长发为女。黄种人为黑发，白种人是金发。其实也不尽然，一日如厕，忽见一蓄长发穿花衣者，以为误入女厕，慌忙退出，细看标识，"男"字赫然在上。窥其胸部平平，才确认蓄长发穿花衣者为一男子。女子剪短发者，也屡见不鲜。头发花白者不一定是老人，披一头金发的，也不一定是"老外"，十有八九是时髦的小靓妹或小帅哥给把头发染黄了。所以不能以头发长短定男女，也不能以头发色泽定人种了。

数日前，与大学同学聚会。当年的莘莘学子，书生意气，风华正茂，然则分别数年后，许多人曾经一头既粗又浓的乌发已不知去向，有的甚至成了不毛之地，有的发量日渐稀疏，恐怕坚持不了几年，也会变成寸草不生的荒地。听他们说用过各种各样的生发剂，然而无济于事。

荣枯盛衰，人事代谢，是自然与人生的法则，难以逆转。少一根头发，等于告别了一寸光阴；白一根头发，应当庆幸人生阅历多了一层厚重成熟的色彩。纵使变成不毛之地的秃顶，也应想到那不是荒芜，是岁月的年轮浇灌成的大彻大悟、智慧绝顶的开阔地。何必为白发、少发、秃发而生不必要的烦恼呢？

2005 年 10 月 17 日

一片秦瓦

沙尘暴肆虐，侄儿骑摩托车带我游览榜罗镇四罗坪南城秦长城遗址时,得知一个村民犁地时出土过一片完整的秦瓦。

正好家住四罗坪的表兄来看望母亲,我向他述说了游览长城的经过和得知村民家藏有秦瓦的情况。表兄责备我没到他家做客,我解释道:"当天我们又去许家堡子的山梁上观看烽燧,接着在牛孟头梁上观看烽火台遗址,乘兴又驱车到谢家湾参观马家窑文化遗址,回到家时天都黑了。"

我向表兄提起如何以最恰当、最经济的方式来收藏秦瓦。表兄很有把握地说收藏秦瓦的村民是他邻居,名叫金贵,金贵为人义气,如果他出面,肯定不会要钱。我认为还是支付适当价钱为好,于是说定由他出面和金贵谈。

回单位不多几天表兄来电话,高兴地说秦瓦收到了,他要给钱,金贵坚决不要。

大概是年代久远和土壤潮湿的缘故,秦瓦浸透着黑色的包浆,背面布满绳纹图案,长五十八厘米,宽十九厘米,半圆形,半径九厘米。瓦底两边分别钻有直径为一厘米的小孔,可惜另一端残了,也许正因为残缺,才被工匠们遗弃。

回想自己游览长城的情形,不难判断秦瓦是长城排水设备的材料。长城沿山梁逶迤而行,低凹处会铺上长长的瓦片,用绳子在小孔处串连起来,达到稳定的效果。

农历五月十七,我和小弟两家人参观了榜罗镇新修的红军长征纪念馆,瞻仰了1949年7月被国民党杀害的二舅爷蒙之廉的遗容,想必二舅爷的英灵在这儿将永远得到安息。参观完新馆,从馆后的小门又绕到旧馆的四合院,二哥在这儿工作过,我上学时经常住在这儿。回想起当初房屋的式样和院中的一草一木,可惜几经改建,两间平房已失去了原来的模样。旧馆的玻璃展柜中,陈列着不多几件展品,两个破损的远古陶罐,似乎属于齐家文化,向工作人员询问陶罐出土的具体地方,他并不知道。他指着对面展柜中的一块砖和一片瓦,叫我判断一下是否是"秦砖汉瓦"。砖上刻有二十四孝图之一的"郭巨埋儿",都是宋朝以后的事了。至于瓦,跟我收藏的十分相似,我向他述说了自己收藏秦瓦的全部过程,得意之余,表示愿意将秦瓦捐给纪念馆,妻和五弟也欣然赞同。

不能轻易向神许愿,许了愿,必须得还,否则自己就不会清吉。其实向神许愿也是给自己许愿,对自己不诚信,自然会受到灵魂的谴责。

2013 年农历五月初稿
2015 年 6 月 13 日修改

石榴

一、石榴

那天在渭源与大家一起闲聊,谈到佛风东渐,自然提起从西域传来的物种,如苜蓿、葡萄、胡麻、核桃等。挂职的女县长补充道:"还有石榴。"于是我向她讲述了一则真实的故事。

石榴成熟的季节,我独自沿公路去登骊山,漫山遍野的石榴在阳光下熠熠生辉,边走边欣赏,忘却了登山的疲劳。枝干苍劲的老树上,石榴的颜色分外红艳,使我联想到熙熙攘攘行走的女人,姿色毕竟不同。心想杨贵妃是否会转世为一棵石榴树。

博得大家开心一笑,女县长夸我悟性好,认真介绍道:"石榴就是张骞出使西域时带回来的,传说张骞在西域栽种了一棵石榴树,每日浇灌,日子久了那花神也依恋上了他,并一路追随张骞到长安,于是,石榴便在中国安家落户了。"

清明节,我买了两株石榴,栽在自家院子里。妻说石榴寓意多子多福。我想,这两株石榴里不会也住着两个花神吧。

二、笨鸟

妻:"学生向他爸说,笨鸟有三种:第一种是不会飞的鸟;第二种是懒得飞的鸟;第三种是自己不飞,下了个蛋,希望还没有孵出蛋壳的小鸟飞。这是不是在说你呢?"

夫:"我本是一只笨鸟,因为我一直秉承着笨鸟先飞的精神,可怜想飞,却不管怎样也飞不高。"

妻:"你不是懒得飞,而是东飞飞、西飞飞、南飞飞、北飞飞,不知道自己在向哪个方向飞。"

夫:"你说得挺有道理,我不知道哪片林子是我的乐园,说不定我还是一只候鸟,天冷了,我会飞到什么地方去呢?"

妻:"你真是一只笨笨的鸟。"

三、缺少一家书店

定西师专大门口停着一排轿车,轿车底下卧着一群小狗惬意地纳凉。校园右侧的校舍区正在修建一幢高层住宅,进入施工现场,看门人问我找谁,我说参观一下,他笑了。

虽然刚下过雨,但校园内满是尘土。师专是我熟悉的单位,二十几年前,在教师的平房里经常喝酒,热心的朋友也给我介绍过对象,在《收获》上读过贾平凹的《废都》,也在翠英堂跳过舞,舞伴是刚从西北师大体操系毕业的女大学生,她的舞姿灵活、优美。

如今似乎只有翠英堂保存了下来,其他的平房都被崭新的楼房所替代。在师专门前的街上有不多的几家铺面,我没有看到一家书店。

四、书签

他的心像纸糊的灯笼,被针扎了几个孔,不,是像被撕开了一个洞,油灯在风中飘忽不定。尽管旅途劳顿,在所谓豪华的宾馆里他却失眠了,辗转反侧,

等他想要入睡的时分,窗外的天色已经亮了。

他想午休,以弥补睡眠不足,可郁闷的心情总使他睡不踏实,索性打开契诃夫的短篇小说。小万卡受不了艰难的学徒生活,给他乡下的爷爷写信,说道:"亲爱的爷爷,发发上帝那样的慈悲,带着我离开这儿,回家去,回到村子里去吧……"会议铃响了,他将书扣在床头柜上,以便继续阅读。

开完会,回到房间,他发现书被合上了,边缝间插着一张心形的大书签,上面写着:"祝你,天天开心。"他

认真端详一番，这是没有练过书法的女生清秀的字迹。来自宾馆的日常问候，却使他感到深深的慰藉。就像万卡在信上写下地址："寄给远方的祖父收。"并将信塞进邮箱，回来后，马上熟睡了。

五、竹林中

记不清和朋友是怎样分手的，按照醉酒前的想法，我打算到阳光书城去买《竹林七贤》。阳光书城是我经常去的地方，以致书架上的分类都能背下来，我径直走到中华书局的专柜去找，蒙眬的醉眼似乎在那一刻特别明亮，书架上摆的是《初唐四杰》。我似乎和热情的老板交谈了什么，然后失望地走出书店，老板叮嘱我走好。

大概是受喝酒时有人提议唱歌的影响，我想唱歌。于是拿起电话，反复拨打，却没有一个回音，只能孤独地行走在静寂的竹林中。

六、人仗狗势

光头的中年男子牵着一只体型硕大的爱犬，在街上溜达。男子迈着八字步，优哉优哉地行走在熙熙攘攘的人流中，那只收拾得干净利落的黑狗围着牵引绳踮着脚四下张望，旁边的行人怯生生地躲避着。

小时候二妈家的"赛虎"咬破了庄间一位妇女的腿肚子。那年正月，我和兄弟到她家去拜年，出门时，她家的黑狗突然从我俩的身后冲过来，吓得我俩惊慌失措，从她家门前的陡坡上滚下来。从那以后，见了狗，我总觉得莫名的害怕。看着中年男子对行人的举动熟视无睹，心想：人常说狗仗人势，可分明是人在仗狗势呢。

2014 年 12 月 19 日

变形的翅膀

有机会去参观定西英才中学马家窑彩陶博物馆,热情的馆员向我们详细介绍了马家窑文化的四个类型,及相关文化类型彩绘的基本特征。在谈到变形鸟纹时,他说变形鸟纹是男性的象征,然后睁大眼睛打量我,我随声附和,心中却布满迷惑。

第二天到通渭华家岭参观风能发电厂,途中遇见好几辆载着叶片的巨型货车。由于我驾驶技术还不娴熟,路面窄,于是乖乖地跟在后面。叶片随货车颠簸轻轻晃动,一如潜伏的鲸鱼,悠游在群山的波涛之中。同时又莫名地想起法国诗人波德莱尔的诗歌《信天翁》:你出没于暴风雨中,嘲笑弓手,一被放逐到地上,陷于嘲骂声中,巨人似的翅膀反倒妨碍行走。

眺望晴空下连绵的山梁上一座座雄伟的风机,巨大的叶片像定格的翅膀,随时等待风的命令。偌大的城市,一天会消耗多少电能,电力改变了我们的生活,提升了我们的生活质量。

从华家岭回来,找到庄子的《逍遥游》,又认真阅读了一遍。"北冥有鱼,其名为鲲。鲲之大,不知其几千里也;化而为鸟,其名为鹏。鹏之背,不知其几千里也;怒而飞,其翼若垂天之云。""鹏之徙于南冥也,水击三千里,抟扶摇而上者九万里。"庄子恣肆汪洋的文采,告知人们"小知不及大知,小年不及大年"。

想必美国怀特兄弟也是受到鸟的翅膀的启发,发明了飞机。

为什么远古人类彩陶上的变形鸟纹是男性的象征,打开互联网搜索一番,在一篇硕士论文里找到了明确的答案:"鸟纹象征男根,鸟纹是彩陶中常见的也是重要的一种纹形。赵国华认为,鸟变成男根的象征,其原因是:鸟能伸缩低昂它的头颈部,可状男根之形。因之,远古先民将鸟作为男根的象征,实行崇拜,以乞求生殖繁盛。"

对于彩陶纹饰的理解,我还是坚持多年前在漳县博物馆形成的思考。

漳县博物馆陈列着一件马家窑陶罐。伴随着热情的讲解看完馆藏文物,我又来到陶罐前,认真品味陶罐上的图案。圆圆的眼睛,胖胖的身体,舒展的四肢,这不是一只青蛙吗?

面对陶罐,我又在思索一个一直令我迷惑的问题,青蛙为什么会成为古人类的图腾?豁然间想到青蛙的繁殖能力,青蛙是古人类生殖崇拜的象征,并非是有些资料上所讲可以祛邪云云,我为我的论断而得意。

我先后走过临洮马家窑文化遗址、通渭榜罗镇王家滩的齐家文化遗址、谢家湾的马家窑文化遗址。干旱贫瘠的黄土高原,当初定然是另一番景象。丰沛的雨水、茂密的丛林、肥沃的土地、皎洁的明月、灿烂的星辰,在人类最适宜生存的地方,散居着我们蒙昧而勤劳的先祖。美丽的大自然像万能的上帝,培育或赐予他们生命的智慧和灵感。同时,母系社会中女性的尊严,燃烧着她们生命的激情与繁衍生息的欲念。在与禽兽的争斗中,有巢氏构筑了房子;

电闪雷鸣间，燧人氏获取了火种；万物生息中，神农氏造就了农业。伐木筑房不能使他们完全防御猛兽的侵袭，于是羡慕两栖动物——青蛙，它们可以在水中躲避陆上的风险，这似乎也是青蛙之所以能够得到先祖崇拜的原因。"稻花香里说丰年，听取蛙声一片"，来自大自然的音乐，定然陶冶过他们原始洪荒的心灵。

艺术来源于生活，他们将自己所思、所想、所感绘制在陶器上，经过火的煅烧，形成了刻有水波纹、蛙形纹、网格纹等各式各样精美的彩陶，献给逝者，来表达他们对于生命的尊重和哀思。

不可否认先民的生殖崇拜，而过分强调它的功用，忽略其他方面的因素，也不能叫人完全信服。就变形鸟纹而论，在那艰苦的自然环境中，他们是否也有过想飞的欲念，以满足自身生存的需求。如果先民当初就是因为飞翔的梦，将变形鸟纹绘制在彩陶上，那么他们的梦想会不会早已变成现实，人类会不会更早飞向太空，飞向他们难以想象的神话之境。

2015 年 9 月 17 日

第三辑 陇上游踪

哈达铺

　　行走在哈达铺的老街上，使我感到分外亲切的是街道两边土木结构的房屋和家乡榜罗镇的房屋完全相似，两扇大木板代替了前檐和门窗，自北向南依次整齐排列。新铺的石板使街道显得分外整洁，房屋的门窗都漆成了褚红色，深沉的基调映衬着房屋的古旧和苍老，也向你展现小镇昔日的殷实与繁华。一位老者坐在门前的板凳上悠闲地吸着香烟，他似乎正在回忆如烟的往事，来来往往的过客不再引起他的注意。

　　民国期间的邮政代办所是一个不大的铺面，里边摆放一组老式柜台，墙壁上贴着一张载有陕北红军和徐海东率领二十五军消息的《大公报》复印件。重新翻阅了《聂荣臻回忆录》，聂荣臻元帅回忆道："9月19日，我和林彪随二师部队进驻哈达铺，在这里得到了一张国民党的《山西日报》，其中载有一条阎锡山部队进攻陕北红军刘志丹的消息。"历史作为真实的过去，真像一位美丽的少女，岁月会给她蒙上神秘的面纱。追寻过去的真实，不仅仅是我们的兴趣，更是责任。

　　毛主席住过的中药铺保存完好，被桐油刷过的门框古香古色，药铺前面长着一棵有三根树干的同心树。值得庆幸的是十多年前我曾看过中央电视台播放的对中药铺主人的采访，主人时年85岁，生命垂危，随时在等待生命的终结。当他听说记者来访时，强打起精神，回忆起红军到达哈达铺的情形。他说红军刚过草地，身体很虚弱，大多数肠胃不好,当时都是他给看的病,而且他还给胡耀邦、李富春等十多位中央领导看过病。这次简短的采访结束后,相隔半月,记者回来想了解更多的材料,可惜他已经与世长辞。

"中药铺离司令部不远,跨过一条横街,拐弯便到,周副主席和司令部住在一起,那是一层木结构的两层楼房。"现在司令部与中药铺的位置与杨成武将军的回忆不相符合,也许是重新修建的缘故吧。来到木楼,也就走完哈达铺的老街道。同事向我说道,你们榜罗镇完全可以开发成这样。我没有正面回答,却不无自豪地向他谈起我曾在原榜罗小学毛主席住过的房子里住过一段时间,可惜那间房子已翻修得失去了原来的面貌,街道的老式铺面,也只剩两家了。因此,不得不感叹哈达铺的老建筑保存得如此完整。

2013年12月12日

定西湖

从漳县遮阳山回来,途经定西北站高速公路天桥,车上有人注意到刚放满水的定西湖,于是向西望去,一潭清清的绿水映入眼帘。我说:"是镶嵌在黄土中的一块碧玉,像月牙泉!"

客人们刚刚游罢遮阳山的幽谷清溪、奇芳异草,困乏中似乎对正在建设的定西湖缺少应有的赞美之词。

对于水的热爱,绝非是看过《论语》"仁者乐山,智者乐水"的缘故。和村里的同伴一样,我十二岁就开始到三四里之遥的井上挑水,即便现在,由于天旱,村间人到集镇买水的现象时有发生。所以只要在村野间看到水坝,无论大小,我都感到莫名的喜悦,总在想为什么不在纵横的沟壑间多打些水坝呢?既可以改变自然环境,又可以解决人畜用水的问题。可好,去年冬天,村庄已装好了引洮工程人畜用水的自来水管,六十年的梦想终于很快变成现实。想起在这个项目的论证时期,时任地委书记的顾军在参加全国人民代表大会期间,接受央视记者采访时说:"以定西为代表的中部干旱地区严重缺水,只有实施引洮工程,解决用水问题,定西才会有更大的发展。"他当时的表情与神态,因为他的观点,一直印在我的心中。

去年7月,定西湖动工时,我因去参加市上组织的"感受定西建设、参与定西建设"的活动,而没有去参加毕业二十年的同学聚会。在接受他们的埋怨的同时,我不无骄傲地告诉他们:"我们定西在修人工湖呢。"

今年冬天,天气异常温暖,立冬节气居然还下着雨。星期天下午,阳光明媚,我向妻子说:"咱俩去看定西湖吧。"在新城区正好碰上散步的同事,我们一边留意正在建设的楼盘,一边讨论楼价,来到湖边不知已经走了多少里路程。

施工场地被砖墙包围,门口一个大土堆遮挡了行人视线。我们不再顾及土堆上竖立的"闲人免进"的木牌,绕过土堆,就是湖的南面。站在土堆上,湖色风光尽收眼底,湖面南北长、东西窄，向西弯曲成一轮新月的形状。我问同事："有颐和园昆明湖大吗？"同事不假思索道："怎么能和昆明湖相比呢。"看到有人在刚修的扇形堤岸上走动，我们也索性走上堤岸，只见对面连绵的东山和周围的建筑倒映水面。同事接完电话过来问道："你们还不走吗？"我说："还没有转呢。"他戏谑道："你是否想即兴赋诗？"我说："下午我俩都没有事情，想好好消闲一阵。"他说家中有事，便抄捷径回了。

　　同事走后，我俩绕湖而行，随着角度的转换，湖中的山影消失了，只见微风中的涟漪轻轻荡漾，令人神清气爽。我忽然觉得有点口渴，细心的妻子居然带着苹果，于是一边啃着苹果，一边绕湖漫步。偶然注意到一个直径约一尺的自来水管正向湖中注水，我好奇地掬了一口，说："这水咸得不能喝，小时候常听说邻村的泉水能咸死蛤蟆，可是没有水，人们只得饮用它。"穿过正在修建的小岛围堤，来到湖的对面，一位准备收工的农家妇女正在湖边清洗自己的雨鞋。我问她在栽树吗？她笑着说："是的。"

　　"这湖的面积有多大？"

　　"二百七十亩。"

　　"湖水全部是地下水吗？"

　　"是旁边基建工程上打井桩取的自来水。"

　　"这水放了多长时间了？"

　　"有好几个月了。"又补充道，"这水咸，放了两三次鱼苗，都没有成活。准备明年洮河水过来后，将这水放掉一部分，再放上洮河水，就可以养鱼了。现在还没有修好呢,等到明年春天,你们再来,南北两边的小岛修好了,周围的树变绿了,那才好看呢!"

道过谢,我们继续沿堤岸行走,湖中西山的倒影却是另一番景象,朦朦胧胧,像写意山水画。看到湖面里蓝天白云变幻莫测,顿然想起朱熹《读书有感》,顺口念道:"半亩方塘一鉴开,天光云影共徘徊。"妻子接道:"问渠哪得清如许,为有源头活水来。"她说这是刚从网上看到的。我说同事说写诗,这不是现成的吗?天下没有无源之水,无根之木,历朝历代,那些伟大的思想家,不也是时代思潮的源头吗?

2011年10月4日

心佛

妻说离她娘家不远的米粮山崖上有座古佛。

我半信半疑,妻确定地说,就在同学家的附近,同学的女儿还要带她去看,由于时间关系,没有去成。于是我也确信米粮山崖上有座古佛。

听了妻子的述说,我开始对山崖上的古佛单相思了。是南北朝时期的还是唐代的,清晰还是漫漶,胖还是瘦,有没有摩崖石刻。于是决定和妻子约上相同兴趣的朋友来一番考古行动。

路上,我们自然谈起佛教与佛学,关注佛学并不等于信佛。信佛既简单又复杂,净土宗认为,一句佛号念到底可以往生极乐世界,奉持戒律,苦修一身倒不见得能取得正果。关注佛学,也就是关注国学。有人说我们的佛学不同于印度的佛学,是中亚的舶来品。没有能力去探究哪个更纯粹,但有一点是公认的,佛教的传入对我国思想界产生了很大影响,学好佛学对宋明理学的学习是很有帮助的,使你更容易去理解王阳明的心学。

　　来到米粮的山顶,两组风蚀形成的人面肖像矗立在悬崖,像母亲背负着婴儿,像佛陀观照着大地。大自然的鬼斧神工,赐予人们丰富的想象,相信神灵存在的先民将它视为大自然赐予他们的护佑之神,从而崇敬、膜拜,一代接一代传下来,形成民间信仰。缺雨求雨、望子求子,简单却又神秘。

　　在石佛下面的悬壁上,不知是谁,在什么年代,开凿了六个山洞,洞顶是烟熏火燎过的乌黑。我想山洞定然是修行者的住所,陡峭的山坡上遗落着灰陶和瓷器残片。

　　走进山洞,我盘腿而坐,让妻子照相,心中默念:心中有佛,心即是佛。

狼窝沟的回忆

　　从漳县三岔过漳河、经河那坡,向南翻一座小山,到岘子上,再进一条山沟,步行约半小时便是狼窝沟。

　　1992年5月的一个下午,我随县人武部衣部长,在村支书石书记的陪伴下去狼窝沟。听石书记介绍,由于以前狼窝沟交通闭塞,无人居住,更有狼、狐、鹿等野生动物出没，故名狼窝沟。在岘子社社长家谈了一些事情后，顺便小憩一阵，我们就开始动身。峰回路转，眼前呈现出与黄土山坡截然相反的景象。只见两边陡峭的山壁上青草葱茏，山的形状各不相同，但并不怪异。蜿蜒的小路旁边是一条潺潺小溪，溪水清冽，手掬可饮。极目眺望，四周碧绿，洁净得好像没有一丝尘埃，望峰息心的感觉油然而生。

山沟的尽头便是村子，远远望见一群光屁股的小孩在村边戏水，察觉到有生人到来，一个个像惊恐的麻雀四散开去。村子附近山势平缓的地方，用石头垒成一畦一畦的田地，土质泛红，不甚肥沃。石书记家就在小溪旁边，房子择平地而建，四面并无围墙，东西两室相对。南面的大山上草木繁茂，多有野兽出没。石书记说他年轻的时候追赶过野鹿，后来林木遭到破坏，野物渐渐绝迹，山中的特产只剩下蕨菜了。庄户人家多放牛羊，早上赶进南山，黄昏时分收圈，成天无人照管，也绝不会丢失。

我们的任务是去敦促一家纯女户做绝育手术。这家人住在一间茅舍里，灰黑的茅草下面，挂一张旧花布门帘，这一幕成了我抹不掉的记忆。

乡镇干部走进院子便喊："有人吗？"

"在哩，在哩。"老两口一边答应着，一边恭敬地迎出来。

"媳妇子哩？"

"在草屋。"

"叫出来。"

"害哩,害哩!"

害是害羞的意思,就在我们给老人做思想工作的时候,已有三个女儿的小媳妇溜之大吉了。环顾四周,我看到地埂上长满一树树雪白的李子花。

光阴荏苒,转瞬已过七年。从报纸上看到全省进行茅屋改造工程,看到房屋改造后乡亲们快乐的笑容。

今夜,倏然念及此事,想必狼窝沟的茅舍也改造了吧。

1998年7月21日

北沟寺漫记

登过马衔山,对地处漳县和渭源县交界的露骨山,神往而心系之。校友盛情地为我提前筹划,对登山时间、路径、相关活动做出周密安排。可惜到漳县后碰上久旱后的滂沱大雨,第二天天又不放晴,阴雨绵绵,看来登露骨山不能成行,校友建议道:"就去北沟寺吧,那儿有森林、草甸,更有传说。"

据说北沟寺的主持常喇嘛曾经得到过乾隆皇帝的接见,就在皇帝接见期间,常喇嘛感应到自己的寺院失火,幸好又被扑灭。乾隆皇帝好奇,于是派官员快马加鞭去探究虚实,果然如常喇嘛所言。

从漳县县城出发,经过大草滩乡的街道,向左进入长满灌木丛的山谷,沿清澈的溪流逆流而上。离开喧嚣和四处堵车,车子也像一匹愉快的小马,轻松地穿梭在雨后清新的青山绿水之间。翻过山梁,只见南部山峦满是郁郁苍苍的原始森林,北山的草坪依地形排列,彼此接界,连为一体,校友说,严格地讲,这应当叫高山草甸。

山下的村头,两匹没有佩戴笼头的黑骏马正在吃草,减速过去,母马警觉地竖起耳朵,小马惊恐地蹦跳起来。同伴提醒我小心,看来,它们还不习惯见到山外的不速之客。一位衣衫陈旧、神情沉静的老妇睁大眼睛,望着车子在她身边缓缓驶过,欢迎,还是不欢迎,在她沉静的目光里我没有读到答案。

提前到达的朋友已经在河滩上支起简易帐篷,校友带我们去看西山的蛤蟆石。

关于蛤蟆石还有一段传说。话说常喇嘛被乾隆皇帝接见后,更加勤勉地弘扬正法,没想到引起修炼千年的蛤蟆精的忌妒,于是它带领一群小蛤蟆在风和日丽的晴空,口吐气泡,气泡汇聚成黑云,顿时冰雹大作。常喇嘛天眼洞开,吟诵咒语,向蛤蟆精发去友善的规劝,可是蛤蟆精以为常喇嘛法术有限,于是变本加厉,连续的冰雹打死打伤了牛羊、毁坏了牧民丰美的草场、砸坏了僧侣的房屋。

又是一个天色朗润的晴空,得意的蛤蟆精又把小蛤蟆聚集在一起,口吐气泡,眼看气泡又化作黑云,牧民纷纷四处躲避,叫苦连天。突然晴天霹雳,黑云碎裂成一块块大小各异的蛤蟆形状的石头,以迅雷不及掩耳之势,压在正在施展法术的蛤蟆精的身上,人们看不清到底是石头化作了蛤蟆,还是蛤蟆变成了石头。原来,常喇嘛站在法坛上,向如来报告消息,如来出手使它们得到应有的报应。

山坡上野花又重新开放。黄澄澄的荷包花,白里透红的大碗花,还有纯白的、紫色的,汇成花的海洋。徜徉在花丛中,便会发觉蛤蟆石奇特,它们多像在背负迎客松,怅然问天。

看完蛤蟆石,同伴们意犹未尽地走回帐篷,我只身寻访只有半里路的北沟寺遗址。

北沟寺有四五户人家,半山腰一间摇摇欲坠的两层土楼分外显眼,想必是大户人家的宅院。村口一座危房的墙壁上写着"送孩子上学是每个公民的义务"的标语,我正要拿手机拍照,院子里走出一位穿旧军装的老汉,向他打听北沟寺遗址的具体位置,他没有听懂我过于斯文的探询,我就问老庙在哪儿,他说没有老庙。

这时,山坡下走来一位衣着整洁,肤色白润的同龄人。我指着山腰间的土楼,打听是否是学校。他说就是。路旁一只拴着铁链的狼狗正在打量我,我有点害怕,同龄人说不咬人,我故作镇静地从狗身边经过,慢慢走向土楼。没想到同龄人从身后跟了上来,说要为我开门,学校停办一年了,他手里拿着钥匙。

学校像农家院落一般大,靠东一排砖木结构的教室正对着土楼,院落里长满半人高的蒿草。同龄人不好意思地说:"这个地方就是爱长草。"从大门到教室的荒草间铺着一排厚厚的石板,石板上面烙着僧侣们修炼和孩子们求学的脚印。

南边两间破旧的教室墙壁上写着"乐在山村育新人"的标语,看到标语,旋即对这里的老师产生敬意。有意念诵一遍，然后转头向同龄人笑笑。他突然问我："你为什么喜欢看学校？""是因为父亲当了一辈子老师。"话到嘴边，我又咽了回去，反问他是否是老师，他说是，还说自己姓常，学校停办以前，总共有十二个学生，两个老师。

常老师将我带进土楼的一间煤房，靠墙立着一块不足两米高的石碑。石碑左上角残了一大块，上面覆盖一层厚厚的尘土。我兴奋地朝它吹了口气，尘土扑面而来，常老师替我扫了扫，字迹终究模糊不清。我粗略地念过去，常老师替我纠正，显然，他做过认真研究。

"□建锡庆寺碑。是敕建，还是重建？"常老师说寺庙失过火，大概是重建吧。

"寺主：禅宗喇嘛常罗汉奴布旦巴。"

"岁历年远、风雨飘摇。"

也许是被我辨认碑文的举动所感染，常老师又将我带到隔壁的房间，窗台上摆着两排长长的课本和教师的辅导用书。常老师感慨20世纪五六十年代，学校把大量的佛经交到乡政府后，再也没有下落。他打开两个书柜，里边的木板上绘有佛教零碎的画片，他又从书柜中间抽出一块木板来，上面写着"梵经普度永陪东土梵王"，我对佛教了解甚少，读不懂上面的文字，也就谈不上猜想其他的内容了。

我俩又去了学校旁边的锡庆寺遗址，遗址是一块面积并不大的荒台，芳草间摆放着六个花岗岩柱顶，其中一个大多埋在土里，上面雕工精细，可以联想大殿当时的规模。

我建议常老师组织村民参与北沟寺的旅游开发，修复生态、保护环境、共同致富。常老师赞同我的想法，可惜自己没有能力。

当我回到帐篷时，朋友们已开怀畅饮。想起《兰亭集序》，心头闪现出以下诗句来：置身花海间，对面望森林。醉意何须酒，流水弹古琴。放浪有形骸，返朴求逸情。婆娑苦六度，梵经化白云。迢迢万里路，寂寂一转蓬。西北有高楼，东南遇知音。

2016年7月5日

渭源怀古

问兰州客人是否想到渭源县城附近散步，他说在县城走走就行了。渭源的同事说看完灞陵桥，可以登南边的老君山。老君山是县城群众晨练的公园，修建得好着呢。

刚下过雨，灞陵桥拦河坝的河水满溢，久居旱塬上的我，看到潺潺流动的河水，顿时感到山川的灵动与秀美。灞陵桥公园里伫立着大大小小的石碑，清朝的居多，由于字迹漫漶，加上时间仓促，没有仔细探究。桥面因为安全考虑没有对外开放，我建议同事能否和相关部门建议一下，让客人们上桥领略一下古代的建筑艺术。他有些为难地拿起电话，说很遗憾，双休日没人上班，联系不上。

二十年前我曾上桥游览过。灞陵桥始建于明洪武初年，是大将军徐达西击元将李思齐时为渡渭河而建，清同治年间重修。南面桥门上是左宗棠题写的"南谷源长"的匾额，桥墩上有一块孙中山儿子孙科"渭水长虹"的石刻,听说有人将石刻盗走了,现存的是根据照片资料重新刻好补上去的。看到木质拱桥像一轮新月横跨在渭水之上,又像一位饱经沧桑的老人,见证历史风云的变迁。

与灞陵桥公园相连的老君山广场上,矗立着宏伟又精细的"大禹治水"石雕像。同事饶有兴致地介绍,在渭水源旅游节上,县政府花大价钱请于丹和易中天作讲演,讲台就设在雕像前,他老婆从来没有服过人,却被于丹的口才折服了。

听于丹的讲座确实是种享受,去年在"富民兴陇"的讲堂上听过她题为《精神的家园》的即兴演讲,丝绸之路、敦煌莫高窟、佛教关于善的发扬,层次清晰,娓娓道来,切实叫人在精神上得到休息和享受。她在渭源讲伯夷叔齐、渭水源头,自然侃侃而谈了。

《尚书·禹贡》记载:"荆岐既旅,终南淳物,至于鸟鼠。"《汉书·地理志》记载:"首阳,《禹贡》鸟鼠同穴在西南,渭水所出,东至船司空入河,过郡四,行千八百七十里,雍州浸。"鸟鼠山我去过三四回,有顾颉刚先生"长流渭川水,溯到源头只一盅"的楹联,有品字泉,有李世民投鞭处,也有实属危房的大禹殿。

鸟鼠山的禹河已经断流,为了旅游开发,县政府将大禹殿修在五竹镇。同事解释道:"五竹与鸟鼠山属同一山系,五竹有一股清澈的长流水。"我想倒也罢了,品字泉过去能舀一桶水,现在只能舀半勺水了,寂寞的鸟鼠山本应得到生态的保护。

渭源县博物馆的镇馆之宝是伯夷、叔齐墓前摆放祭品的石桌,被人盗走后破了案,经专家鉴定,石桌是一块巨大的和田玉。以他俩"不念旧恶,怨是用希"的精神,不会对后生小子抱怨吧。

看完大禹雕像广场,客人对登山并不感兴趣,于是,我建议到王韶堡遗址看看。据《渭源县志》记载:"王韶堡在县城北下关坪顶,宋熙宁五年(1027)五月,王韶为通远军(治今陇西)兼知军事,七月取临洮,置武胜城,八月领兵修渭源堡。"山堡底下一群人正忙着修建房子,施工现场非常热闹,混凝土搅拌机轰隆隆地运转着。我故意问:"是公家建的吗?"民工笑嘻嘻地说:"私人的。"山坡上居民院落里满是蓝色屋顶的简易房,一眼望去,甚为壮观。同事介绍道:"县长说他一看到这蓝色的屋顶便头痛!"山堡靠县城方向的墙体已损毁,所幸东西两侧的墙墩依然完好。我登上西边的墙墩眺望一阵,对面还有一个保存完好的山堡,同事说是居士林。

一位汉子从居士林铁门里向我们走来,他手里拉着三只耷拉着尾巴、嗅动着鼻子的大狼狗,幸好狼狗不大在意行人。同事说南山老君山是道教圣地,北山是佛教圣地,我心有余悸,再没有兴致谈论宗教。

城区到处是新修的楼房,看到原来县政府招待所,油然想起二十多年前凌晨那个拖着长长声调的叫卖声:"哎——油——饼。"

2014年7月13日

文树学校

经过文树村，我向大哥建议："要不要去参观文树学校？""好啊，毕竟文树学校是父亲工作过的地方。"大哥愉快地应和道。

大哥以前来过文树，他将我直接带到村子街道的最南端。街道左边的铺面都上着锁，卷闸门上落满厚厚的尘土，右边是新修着二层楼房，大哥猜测是新农村建设之后盖的。我说毕竟文树以前是乡镇建制，交通方便，各项投资放在一块，容易产生整体效应。

学校大门开在校园东南的角落上，进门有一座坐东向西的三层教学楼，楼前的老榆树下堆放着一大堆椿树木材，直径最长的将近半米，右手边是三幢砖木结构的教师宿舍。北边有一幢红色的小楼，旁边正在修建一幢框架结构的教室。星期天没有学生，校园显得分外空旷，而我有意走向老旧的砖木结构的楼房。

教学楼墙壁的黑板上写着一幅宣传标语：你扔、我扔、无处扔，你净、我净、大家净。细细体会一番，觉得有点佛家意味，标语显然在起作用，校园十分洁净，就连刚打的教室地基也收拾得平平整整。

一位穿着花格衣服的妇女扛着铁锨慢悠悠地走来，我下意识打量一番，白皙的脸庞上一对大眼睛，目光沉静，好像正在思考什么。我问："学校以前的二层木楼呢？"她反问："哪儿有两层楼？"我说是学校以前的木楼呀。她笑道："早拆了，大概已经二十年了吧。"她要到新修的教学楼的工地上打工,我问一天挣多少钱,她说八十元,我有意笑道:"多呢。"她睁大眼睛,反问道:"多吗?"我自觉失言,难以回答,她似乎不无感慨地说:"多着呢!"接着不紧不慢地离开了。

文树学校是父亲在20世纪70年代负责修建的,它的原址在涧涝村,距现址三四里路程。尽管第一次来文树学校,但已经拆去的老二层楼留给我很深的印象。砖木结构的二层教学楼修好后,父亲经常带回他们在楼房前拍摄的照片,并向母亲介绍他的同事。我那时只有四五岁,还没有上小学,在旁边听,旁边看,觉得父亲真了不起。

父亲在文树中学供职的最后一年,我上村小的一年级,每周一的清晨父亲骑自行车上班,我也按时起床,为的是坐在父亲自行车前面的车架上,短短两三分钟的路程,享受父亲严厉之余的温情。在泛白的黑板上写上自己的名字,那是班主任赵老师的激励机制,谁先来就在黑板上写下自己的名字,以此来杜绝迟到现象的发生。依稀记得冬天黑蒙蒙的早晨,我想尽办法生过一次火炉,并因此得到赵老师的表扬。父亲曾经想带我到文树读书,由于交通不便,家中口粮紧张,只得作罢,但父亲的学校、父亲负责修建的教学楼是我童年最向往的地方。

从校外看庄稼长势的大哥进来了,我俩来到门窗大开的教师宿舍前,一位头发苍白的老师问我们在找谁,说明来意,他热情地邀请我俩喝茶。老师姓朱,刚退休,因为照看孙子上小学,还在学校居住。朱老师向我俩介绍父亲是他的老师,也是同事。

为了拓展话题，我说自己在资料上看过，文树原来叫瓮熟川，大概是地形像一个大罐子的缘故吧。他说也叫稳熟川，文树地势相对较低，有利于农作物生长，年年保熟。我说怪不得文树出富汉呢，民国时期出过榜罗镇土地最多的富汉，还有镇长。朱老师说红色小楼就是镇长的兄弟刘智捐资修建的。

文树学校在民国年间由刘杰创建，刘杰弟兄五个，他排行老三，老大当过国民党时期的镇长。老五刘智，1949年以前上过兰州冶金学校，毕业后分配到台湾工作，担任过台湾某公立学校的校长。改革开放后，刘智多次来过家乡。

文树学校是融小学和初中为一体的学校，前几年全校共有一千二百多名学生，现在七百多，朱老师预测今年新学年，大概只有五六百了吧。农村学生数量的萎缩是普遍现象，也是一个复杂的问题。我觉得农村的学生不比城市的差多少，我这一观点自然受到在城里当教师的妻子的反驳。交谈间，朱老师谈起父亲的往事，说"文革"期间，公社书记让老师们出一百二十个工分，父亲不同意，说老师们要教书，哪儿有时间干一百二十个工分的体力劳动，于是两个争执起来。朱老师还说父亲在的时期校园内栽的树木被砍伐光了，老师们都感到很惋惜，大哥也说校园里缺少一些绿色的景致。

离开学校时，又从木料旁边经过，内心百感交集。校园外田野间麦浪滚滚，胡麻花开了，蓝莹莹……蓝莹莹……

2015年6月17日

长城

  班车颠簸在乡间山路上，身后尘土飞扬，野马也，尘埃也。播种的节气，村庄期待着一场透雨。

  望着远方连绵起伏的山峦，我对妻说："看，你看，长城！"蜿蜒在四罗坪梁上的秦长城早已失却了想象中雄伟的风采，像一条长蛇，若隐若现，只有仔细辨认，才会发现它逶迤而行的踪迹。

  前几天和侄子驾驶摩托车到马陇公路（马营至陇西）四罗坪梁上去看秦长城遗址。肆虐的沙尘暴像弥漫的大雾，山野昏沉沉一片。通向四罗坪新修的村村通公路旁立着一块甘肃省人民政府刻制的秦长城遗址石碑，立碑时间是1981年。我想从碑的背面了解到更多信息，可惜没有。不过我在《甘肃史话》的一文中了解到："秦昭襄王二十八年（前279年），始建陇西郡，开始修筑长城。长城在通渭县境内为西南东北走向，从四罗坪南城壕梁到许家堡、榜罗镇，再经第三铺、北城铺乡北梁，由张家川村进入静宁县境内。"走在乡间公路上，我不禁在问，长城在哪儿？看到公路边层层夯筑过的土层，才意识到自己就在长城上行走。

  公路绕过山弯通向静谧的村庄，而长城沿着山梁昭示昔日的雄风。

  南城壕梁就在对面，山顶上屹立一座古堡。沿公路下山百十来米，在四罗坪通往邻村赵家湾的岘口，矗立着一堵七八米高的土墙，墙上有三个土墩，土墩上长满沙棘，我想从墙上走过去，确切地说想走过保存完整长城，却被沙棘挡住了去路。

侄子骑摩托车驶向土堡，我沿着长城慢慢上山。

长城墙体在山梁中间，像一条高高的地埂，时断时续。蔓生的杂草使墙体土质疏松，甚至出现两处大面积的塌方。我从土堆中捡了几块瓦片，明知没有多大的价值，却舍不得丢弃，心想这是秦瓦，是已有两千三百多年历史的文物。从半山腰走上山梁，长城变成一条不足两米宽的山路，就在土堡旁，居然躺着一座孤独的坟墓，想必他或者她该是长城最忠实的守望者。

看到我手里的残片，侄子问长城里为什么有瓦片。我说修长城的人得搭建工棚，将损坏的瓦片顺便扔进墙体内是很自然的事，说不定长城两边会有品相完整的瓦片呢。

和侄子一块爬上堡墙，极目四望。我说，在秦昭襄王年间，家乡处在秦国的边关，蒙恬修筑长城的时候，秦国的疆域已扩展到兰州一带。可惜那天天公并不作美，弥漫的沙尘中，我们望不到远山长城的走向。

妻因为看到长城而兴奋起来，说长城像一条游龙在远山盘旋，而我却萌发要想了解长城，心中得有长城的感慨来。多少年来，在长城对面走过，却不知道它的存在，真是愧对家乡，愧对家乡的文化。

2015 年 1 月 19 日

问长城

冬风萧索,小弟带我参观嘉峪关"悬壁长城"和"长城第一墩"。

在悬壁长城,我俩认真观察周边的地形,分析长城的走向,阅读景区资料,终于明白黑山峡口是古丝绸之路的要隘,悬壁长城和石关峡长城形成拱卫之势,共同扼守黑山峡口。茫茫戈壁,人们沿着流水的方向前进,到达西域,形成丝绸之路。景区内有张骞、霍去病、班超、玄奘、马可·波罗、林则徐、左宗棠七位历史人物造像,借以展示石关峡悠久的历史和厚重的人文内涵。我当时有"男儿当栽左公柳,何须闭门话苦愁"的想法。黑山峡岩画就在景区二十多公里处,不能成行,只好往后去寻访。

明长城第一墩矗立于讨赖河边近五十六米高的悬崖边,是嘉峪关西长城最南端的墩台。由于时间关系,没有来得及听关于"长城文化"的视频介绍,小弟遗憾地说:"那肯定是你喜欢的。"是啊,能够系统地了解这个地域的介绍,该会明晰多少模糊的认识。

在古代,长城无疑是有效的防御工事。早在春秋时期,人们已开始修建长城。战国时期,各国有各国的长城。

陇右是秦人故里,秦昭襄王开始修筑长城抵御匈奴的威胁。秦始皇灭六国,一海内。秦始皇完成统一大业,开始巩固他不朽的基业,修建西起临洮,东至辽东的长城,只恨秦王朝在短短的几十年间结束了生命。

小时候学《孟姜女哭长城》,幼小的心灵觉得可恶的长城该塌，繁重的劳役和严苛的法律是秦朝灭亡的直接导火索。汉朝建立，长城并没有阻挡匈奴的铁骑，汉高祖被困白登山，善用人才的他也拿他们没办法，只得认匈奴做女婿，可这女婿不领情，经常在岳父面前耍泼，动不动还要岳父的老命。还是汉武帝厉害，据两关，列四郡，方显英雄本色。

朱元璋即位不久，明洪武五年（1372年）开始修筑万里长城。可惜就在当朝，崇祯皇帝忙于对付李自成，让努尔哈赤长驱直入。

长城似乎是一条防守的底线，是一条用老百姓血汗筑起的，叫当朝者得以宽心的防线。

2015年4月30日

瓦碴地

与定西收藏界的朋友闲聊，得知家乡榜罗镇王家滩有齐家文化遗址。

春节前夕，我乘便车去王家滩。司机得知我的想法后饶有兴趣地说："四罗坪有秦长城遗址，前几年，还有外国人步行去那里考察呢。"当然我去王家滩，多半是出于好奇，因为自己既无考古知识，又对齐家文化缺乏深层次了解。

经过四五公里的车程，就到了王家滩岘口，岘口上有几家卖山货和蔬菜的门市部。铺子里摆放的水果和蔬菜品种很多，可惜大部分开始发蔫，从干瘪的猕猴桃堆里挑了几颗，一个五六岁的孩子麻利地看过秤，收了钱，交到店主父亲手中。

店主是同龄人，寒暄几句，原来他是比我低一级的榜罗中学学生。我问："咱们王家滩有古董吗？"

他诧异的神情，显然将我看成是古董贩子了，说："有，你庄上人家的亲戚在挖引洮工程的自来水管道时，挖出了一罐银圆。"

我试探着问："有没有陶罐？"

他说不知道。

我又问："附近的山地间，有没有残损的瓦片？"他不假思索道："有呢，庄上有块承包地就叫瓦碴地。"

瓦碴地，多么重要的线索。想问清楚它的确切位置，店主淡漠地说："翻过前面的山梁下坡，不远处就是。"看似荒芜的山坡上衰草深深，梁顶是一块宽阔的平地，望着对面的山沟，心想山沟肯定有水，水是古人类选择居住地的第一要素，山沟间的红土层是他们制陶的原料。

来到店主所说的位置，沿地埂仔细观察，地埂上散落零星的素陶残片，想必是犁地的人顺手扔上去的，有罐口的、也有罐底的，有光滑的、也有绳纹的。认真掂量、想象一番陶罐原貌，已乐在其中。

由于没有工具，只得用手去抠，一阵工夫，收集了一堆，后悔自己没有拿个塑料袋。时间过得飞快，不知不觉间口渴起来，想起刚才买的猕猴桃，好家伙，吃起来异常坚硬，味道也不对，但此时只得靠它来解渴。

山坡上缓缓走来一位担粪的老者，我递上一支烟，问他这就是瓦碴地吗？他说瓦碴地在山下的村庄边。我说咱们这块地方有大量的陶片，证明远古时代就有人类居住，咱们这块地方好呢。他问我是否在县文物局工作，我说没有，只是出于个人的爱好，专门过来看看。他向我介绍道："犁地时总会碰到一些残片，可难以碰到完整的，即使有，也总被铧尖碰破了，要是用推土机整地，也许会推出完整的罐子呢。"我说那得留意保存好，说不定会卖上大价钱。他指着地埂上裸露的白灰，说这条白线从山坡一直延伸到村庄。我说这是远古人生活过的痕迹。他看看我收拾的残片，说给我拿个袋子来。

老人走后，我继续在地埂上搜寻。令我欣慰的是，居然发现了一个和我收藏的形制一样的齐家文化双耳陶罐的耳朵残片。这时老人给我拿来一个塑料编织袋，说时间不早了，让我沿着回家的方向走，那里有一条地埂，东西可能多点。他说得不错，就在地埂的草丛里，我发现了一块彩陶片，残片太小，难以判断所处年代和所属文化类型。欣赏一块发现于自己家乡的残片，远远胜过在古玩店欣赏一个完整的彩陶。

背着残片走了十来里山路，回到家中已经疲惫不堪。一进门，侄女忍不住大笑不止，喊她四妈看我变成什么样子了。我却不在意自己的形象，高兴地向她展示收集到的残片，她似乎更加在意我满身尘土的形象，说我怎么变成了土行孙。父亲笑着说我在考古呢！

2012年2月26日初稿
3月25日改毕

温家坪

　　通渭县博物馆藏有寺子乡温家坪出土的马家窑时期精美的变形鸟纹彩陶罐，温家坪遗址是一处仰韶文化石岭下类型、马家窑文化马家窑类型及齐家文化并存的遗址。刚下过暴雨，蜿蜒的山路显得格外干净，像刚打扫过的农家院落。路面和两边的地埂上散落零星的素陶片，由于我在榜罗镇的谢家湾和王家滩分别考察过马家窑和齐家文化遗址，所以对素陶片不再像同事那样好奇，在半山腰的地埂上搜寻了一遍，也没有意外的收获。陪同的朋友说他前几年和乡上的干部督查地膜玉米种植，有位同志发现了一块玉璧。我没有这种奢望，只是想做一位远古文化遗址的过客。

　　可喜的是我在回去的路上找到了两块彩陶片，朋友捡到一块打有小孔的素陶片，高兴地说这块陶片可以作为远古人能在陶片上打孔的证明。我们在村边的窑洞的墙壁上，发现一具体形硕大的牛骨遗骸，拿铁锹挖了一阵，土质太硬，于是只得捡起遗落在地上的牛胛骨，仔细观察，并没有发现文字。朋友笑着说如果有甲骨文，那就了不得了，又说，兴修水利期间，懂文物的人拿新脸盆、暖水瓶在当地群众家换走的古物真不少。

　　人们普遍认为古文化遗址的形成与地震有关，《诗经·十月之交》写道："百川沸腾，山冢崒崩。高岸为谷，深谷为陵。"真实记载了西周末期大地震可怕的威力。我一直在思考，为什么在黄土高原发现了很多远古文化遗址，却难以发现商周之后的遗迹。

2013年11月12日

石峰堡

和同事站在寺子乡石峡湾村金牛河河畔眺望石峰堡。他说像两个倒立的背篓，我说像一对依偎的情侣。

回到文书家，炕头上放着一本《心灵的胜迹——通渭古堡文化》，随手翻阅起来，首先翻到石峰堡。石峰堡是清乾隆四十九年（1784年）回民起义的重要据点，起义军声势浩大，由于陕甘总督李侍尧征剿不力，震怒了乾隆皇帝。当年七月十五日，清军兴师动众，攻破了石峰堡，将石峰堡夷为平地。

在硖口村麻湾社的山梁，我有意停下来眺望石峰堡，只见它耸立在寺子、陇阳、陇川三个乡之间，北、西、东三面是陡峭的山坡和悬崖，与周围地形相比，它显得更加挺拔、清峻、刚健。

我想找机会去山上游览，文书说山顶上是耕地，现在已没有任何遗迹。是啊，我们家就坐落在传说中的范家堡子底下，至于山堡的年代、湮灭的原因都无从考证，它的命运是否和石峰堡有着千丝万缕的关系？

2012年11月15日

鹿鹿山

鹿鹿山位于通渭县北城乡、陇阳乡、寺子乡的交界处，为通渭县八大景之一，美名曰玉狼屏迹。

五月，连绵的山地泛起蓬勃的绿。朋友借了辆私家车，邀我去游鹿鹿山。早晨起来，天公似乎并不作美，窗外烟雾蒙蒙。朋友说得早点出发，说不定鹿鹿山会下雨呢。我虽然有点不相信，但不好明确说出来。

车子从山梁下来，接着上山，浓浓的山雾中弥漫着湿漉漉的雨丝，淋湿了陡峭的山路，山路两边是莽莽苍苍的松林。我一直固执地认为通渭没有森林，所以一时间，被眼前宽广而茂密的人工林所震撼，建议停下车去看看，朋友却笑着说，路还远呢。

穿梭在长长的林带，车子在山梁上向左转弯，眼前出现一座坐北向南的庙宇，庙前正在修筑框架结构的戏楼。站在庙旁眺望对面松林密布的山峰，像一道绿色的屏风横亘在群山之间，此刻，我突然感悟到"玉狼屏迹"用词的微妙。想起童年时和乡亲们站在村头，遥望狼群从山梁上依次离去的情景。狼走了，一只跟着一只，很有秩序地走了，走出了令人毛骨悚然的回忆。

庙宇是一座小四合院，阳光撒落在院落里盛开的牡丹花瓣上，分外亮丽、清新。我向同伴笑道："人间四月芳菲尽，山寺桃花始盛开。"牡丹树前立着一块陈旧老古的石碑，仔细看去，碑上横刻两行"玉狼三圣、白马大王"，竖刻三列"风利白马大王、忠患白马大王、忠利白马大王"，立碑时间是唐朝天宝二年（743年）。看庙人向我介绍：传说唐太宗李世民访贤来到鹿鹿山，由于大雾弥漫，山多树深，迷了路，后来由三只白狼做向导，将他带出山去，于是李世民将三只白狼封为神仙。我曾去渭源县鸟鼠山，见到品字泉边立有一块"遗鞭泉"的石碑，碑上说李世民带兵到渭水源头，不慎将马鞭遗落在泉水中，后来在咸阳的渭水河边才发现了它。从相关的史书没有看到李世民带兵或巡幸陇中的记载，这是先民们对贤君渴慕的真挚表达啊！

朋友问我去不去看鹿场，我说来鹿鹿山不看鹿不等于白来了吗？途经鹿场山谷，草地上盛开着黄黄的蒲公英和白色的野草莓。森林、野花、蓝天，只是少了雪峰，大家欣赏着美景，谈起碧野的《天山景物记》。鹿场位于山谷不远处的山坡上，四周围着两米高的砖墙，场地一分为二，一边是梅花鹿，另一边是驯鹿。这是我第一次看到真实的鹿，令我难忘的是饲养人刚给它们采过鹿茸，每只鹿的鹿头上都长着两块血疤，大都卧着，毛色灰暗，无精打采得就像关在笼子里的鸟儿。看鹿的长者说老板要在四周的山梁上拉上铁丝网进行放养，可是林场不同意。我说应该在鹿场周围修建一个相对较大的防护栏，给它们一个宽敞的空间。在我心中它们是美丽的、自由的精灵。

归途中又驱车到鹿鹿山最高点——林业管理站，眺望远山，心想这里需要一双双勤劳的手去拓展生命的绿，让回归的狼、自由奔跑的鹿、飞翔的鸟群，把这里当作和谐的生命乐园。

2013年7月初稿
2013年11月6日修改

保昌楼及其他

冬天的阳光抚慰着干枯的衰草,似乎要唤醒它们春夏的繁华。把把峰,原来是陇西城北浦山的一个岘口。保昌楼坐落在岘口右侧的山坡上,是一座三层木质八角攒顶的阁楼,她像一位亭亭玉立的少女,守望着陇西城。乍一看,亮丽的油漆使人误以为这是新修的建筑,站在一楼的阁檐下细细观察,木质的飞檐散发着古老的气息。可惜,通向二层的楼梯上着锁。

抬头仰视的朋友念道:"保昌楼,光绪五年。"由于视力不好,小字看不清楚,是谁题的,也没有在意。光绪五年是1879年,自1840年鸦片战争爆发以来,清政府被迫签订了多项不平等条约,还有太平天国运动和义和团运动的爆发,此时,清政府在内忧外患中没有片刻喘息。

俯视山路蜿蜒,眺望山峰对峙,使我联想到"把把"游戏:两个伙伴双手交叉捏在对方的手腕上,抬起另一个同伴,唱起欢乐的歌谣。把把峰的命名是否与地形有关?刚参加过相关会议的朋友毫不迟疑地坚持自己的观点:同治年间,回民起义攻陷陇西县城,一位名叫把把的长老逝世后葬在岘口之间,故名把把峰。左宗棠平定西北后,巩昌知府颜士璋策划,在把把峰上修建了保昌楼。

登上山顶,极目四望,面对浩瀚缥缈的山峦,总喜欢遐想。山坳间的村庄像海上的小岛,抑或是船,让人想做远航的梦。渭河拦水坝水位大面积下降,大片泥滩热切地呼唤降水,从而平息浮躁的尘埃。《陇头歌辞》里有这样的诗句："朝发欣城，暮宿陇头。寒不能语，舌卷入喉。陇头流水，鸣声幽咽。遥望秦川，心肠断绝。"上游的来水几乎断流，沉沉的雾霾遮挡着渭水东去的视线，要说"鸣声幽咽"，不再是征夫的兴叹，而是渭水自身的泣诉吧。给我一张琴弦，弹尽河水之消瘦。

在西关一座仿古建筑的匾额上，我无意中看到了"汪家洞"的字样。汪世显的府第、一天能跑到京城的神牛、神牛尾巴上的"鸟巢"、布满机关的藏宝洞、汪家的女儿，民间口口相传至今的传说故事，是否还在继续？曾经到过漳县汪氏元墓群，却没有认真细致地了解过汪氏文化，不过在省历史博物馆反复多次欣赏过汪氏家族墓出土的熠熠生辉的釉里红高足杯。作为金朝大将，汪世显投归蒙古铁蹄，挥师南下，该是明智之举。

"是日也，天朗气清，惠风和畅。"我乘兴参观了贡院大成殿、棂星门、城隍庙、明代古城墙、北街。贡院大成殿坐落在巩昌中学校园内，是一座歇山式屋顶大殿，贡院是举行乡试和会试的地方，大成殿供奉孔子，现在陈列着陇西中学获得的各类荣誉奖状。读过同学回忆表兄莫自鸣的文章，莫自鸣于1948年从陇西一中考入北京大学，同年三十一个应届生考入大专院校的十六人，被名校录取的六人，当时陇西一中的教学水平堪与北平师大附中（今西北师大附中）相比。

棂星门有三个斗拱支撑曲面屋顶，当时不知道棂星的意思，从互联网查阅资料："棂星，本来称灵星，是天田星。汉高祖刘邦做了皇帝，为了风调雨顺，百姓安乐，就命令祭祀天田星，作为祭天的头等要事。到了宋代，儒家把孔子与天相配，所以在孔庙和儒学中，也都把祭祀孔子当作祭天，所以都筑有灵星门楼，用以祭祀孔子。"棂星门作为陇西师范附小校门的缘由，也就豁然开朗。棂星门的后面，是一座混凝土修筑的五角亭，叫五李亭，也许是陇西又一个为人称道的典故吧。

城隍庙是一座圆拱式屋顶的庙宇，里面供奉着许多神仙。翻过几页乾隆版《陇西县志》，当时北关的庙宇就有十多座，三国、南北朝、宋金时期，陇西地处边界，交错的朝代，战火频仍，动荡不安的社会，促使人们在庙宇间寻求心灵的慰藉。

明代古城墙和威远楼修建于明朝洪武年间，城墙是一段两三百米的残壁断垣，威远楼至今向人们展示着大明建国之初的雄心。清雍正年间中宪大夫、巩昌知府汪元祐在为《陇西县志》所作的序中写道："城郭壮丽，人物熙攘，闉闍市辏，烟火万家，固洋洋然一大都会。"闉，古指瓮城的门。从县志地图上看，陇西古城，城中有城，分为十一个区。清初，设甘肃行省，省会由巩昌（今陇西）迁至兰州。

十多年前的清晨，我到北街去吃担担面。狭窄的街道、木门木窗的铺面、二层老式木楼，当时我向同事说，这条街应当开发成步行一条街，同事睁大眼打量我，说我有领导的眼光，因为我的这一看法符合当时的城市建设规划。

这次参观过"南安福地"的庙台、"仰弥高"牌坊，对北街有了更全面的了解。可惜新建的二层楼正在毁灭古香古调的气氛,一个城市,应当留点属于这个城市原始的记忆。走在北街,我想起江苏的周庄、想起浙江嘉兴的月河老街,月河老街不就是在城市保留的一片相对完整的原始民居,修旧如旧,以此来增添城市的文化和韵味。

遥望远方的保昌楼,油然想起离城三十公里的家乡,想起已去世多年的爷爷。1953年,父亲刚考上陇西师范,爷爷得了眼疾,一直治不好,就将父亲叫回家。父子二人担了一担麦草,背着谷面坨坨,半夜从家乡出发,太阳升起的时分到了把把峰,到北街找了一个熟人,卖了麦草,父亲就回去上课了,爷爷去北街找医生治眼疾。

朋友问我"仰弥高"的意思,我说《诗经》有"高山仰止,景行行止"的句子,颜渊赞美孔夫子时说:"仰之弥高,钻之弥坚。""仰弥高"大概就出自这个典故吧。穿过牌坊,就到李家龙宫了。

2017年1月2日初稿
2017年1月6日修改

岷县的早市

清晨六时,太阳刚出山,岷县南门蔬菜市场门前的早市已经准备就绪,到底几时人们开始一天的生计,我没有认真考察,也就不能妄加猜测。据说岷县的早市由来已久,即使在计划经济时代,早市也相当兴盛。凌晨一点,卖牛骨头汤的就已开始准备营业。要吃上正宗的牛骨髓,得凌晨四点起床。牛骨髓是勤快人口中的享受，像我这种贪睡的懒汉，牛骨髓一直是梦中的佳肴。

市场上的各种蔬菜好像刚从地里收获，经过认真清洗，分外鲜嫩。水灵灵的白萝卜诱你想直接拿一个吃起来，韭菜上带着露珠，黄瓜呢，好像经过认真挑选，一般长，又一般粗，摆放得整整齐齐。阳春三月，正是各类野菜丰盛的季节，有乌龙头、蕨菜、川芎、荨麻、大黄秆子、灰荞。我在漳县下乡时吃过乌龙头、蕨菜。大黄秆子的味道酸酸的，有点像青杏，但不酸牙，可以拌凉菜吃。"川芎是中药，可以暖胃。""是吗？"我有意反问。卖主解释道："效果好着呢，你吃得顿数多了，便屙不下来了。" 一位中年妇女拿着一小袋狼肚菌，我问多少钱。她说话吐字不清，旁边的两位同伴解释说三十元。说是一小袋，其实不多几个。我随口说十元，两位同伴笑道太少了，说二十五成喽。看着中年妇女亲切、淳朴的笑容，我再没有讲价。

早市上一家卖牛肉的清真餐厅不事装修，只摆放了几张长长的条桌和板凳。我和同伴还没有坐稳，店主就端上两盆肉来，一盆是牛蹄子，一盆是腰节骨，一人一碗煮肉的清汤，上面漂着黄黄的油花花。牛肉是清水煮的，没用调料。喝一口汤，满口都是浓浓的腥味，牛肉倒煮得特别嫩，也特别鲜。我们两人合伙吃了几块腰节骨就饱了，再喝骨头汤，腥味越重了。还有一碗用骨头汤熬制的稀饭，加入大量的胡椒，辣辣的，倒合我的胃口。

店主卖肉的方式也非常特别，肉不用上秤，由店主根据部位的优劣和大小给肉定价，一块腰节骨得四五十元，也算是昂贵的早餐了。一位老太婆领着小孙子，选了一块肉和店主讲价，店主要二十五元，老太婆出二十，店主大声地劝说道："老娃婆，你甭心重了，我得够本。"老太婆却不慌不忙地继续讲着价。

出门看到一个人面前摆放着四只颜色不同的死乳牛，那小牛样子特别可爱，据说是刚出生，因为缺奶，或者主人决定不再喂养，便直接上餐桌了。我感到残忍，想起"君子远庖厨"的古话，这点君子风范是否显得虚伪。

早市上售卖的商品因时令而定。十多年前的冬天，我看早市上出售的主要是牛羊肉，还有各种山雀。岷县小吃给我留有很深的印象，有粉鱼儿、肚丝汤、三鲜包子。一打听，卖三鲜包子的是一对四川老夫妇，他俩一卖就是几十年，现在依然在老地方卖，不过老汉明显体力不支，卖不动了。我在想下次去岷县，一定要去吃这家三鲜包子。

2015年5月1日

唐槐

兰州市工人文化宫里有三棵唐代的槐树。

那天本来打算去白云观，心想问道白云头，说不定会有道士为我指点《道德经》呢，没想到走错了地方，来到兰州市工人文化宫。进门靠右手立有一块巨大的彩色喷绘，上面是关于金天观的介绍，原来1956年，金天观改为兰州工人文化宫。金天观始建于唐朝，宋朝称为九阳观。明建文年间,肃王朱英将肃王府从张掖搬迁至兰州,修建此观。

金天观原有三十六棵唐槐,称为三十六部雷将。穿过岁月的长河,现在只剩三棵。一棵在小四合院门口,盘根错节的主干已经空心,分成两半,中间填着泥土,枝干顶端匝一周钢圈,以防开裂。树边的墙壁上挂着文物介绍的牌子:国槐,别名槐树,落叶乔木,树冠球形庞大,枝多叶密,花期较长,11月果实成熟,荚果肉质,串珠状,成熟后干涸不开裂,常见挂树梢,经冬不落。

我一边看介绍,一边仰头看树梢上有没有果实,只见卷曲的树叶在冬风里瑟瑟发抖,遒劲的树枝自然形成疏密有致的网络,这使我想起有书法家通过欣赏树木而领悟到了书法的运笔,可惜我没有那份慧根。记得《六角丛书·中外名人传记:纪晓岚》中有这样的叙述:福建长汀汀州试院有两棵唐柏,因年代久远而具有灵性,秀才们在考试之前都要拜祭。纪晓岚不相信,在一个月朗星稀的晚上,看见树梢上有两个红衣人向他作揖,想起了欧阳修"文章自古无凭据,惟愿朱衣一点头"的诗句,于是纪晓岚在古树门前挂了一副楹联: 参天黛色常如此,点首朱衣或是君。古人迷信,我似乎也渐渐迷信起来,由于年代久远,我相信唐槐也有灵性。院中嘉靖年间的石碑上写着"雷祖,金城社稷之神也",所以人们称他为雷将,是保护社稷之神的护法。兰州地区干旱少雨,古人是否在此虔诚跪拜,乞求上苍风调雨顺?而现在,这里改建成娱乐场所,大殿里传出女人"无奈的思绪",如诉如怨,还有秦腔、棋牌,我总觉得与庄重的建筑风格不相适宜。

古槐是否提醒我们要爱护自然，才能得到大自然无尽的赐予。我们要关注历史，因为只有认真对待历史，才会拥有更加美好的未来；我们要重视文化，当然要更加科学地重视文化的载体。想到兰州对于邓家花园的现代式的改造，叫人不敢苟同。我愿古槐赐给我灵感，又恨不能用畅达的文字来表现他千年风骨。

另一棵古槐的树冠从院中回廊的屋顶上长了出来，可见设计者的匠心，但我想是否会给树根水分补充造成一定影响。设计者显然将古树作为院落的点缀，在我看来，它更应成为景观的主题，需要精心呵护。

第三棵唐槐长在西北角一个破旧的院落里，殿宇的屋脊上立有一座塔，保存完整，可惜铁门带着锁，木牌上有一则告示：院内不准吸烟，违者罚款二百元。这棵古槐的枝干比前面两棵细，也没有开裂，树冠的枝叶也相对茂密，我想是它长在阴面光线不足的缘故吧。

真是金天观里三古槐，白云道间一外人。

2013年12月27日

文化的渡口

到省城出差，刚调来的职员抱怨学习太频繁。我说生在现代社会就是要学习，开车得学驾驶，做饭得学烹饪，到单位自然要学习，做和尚还得念经呢。办理好简单的公事，我说要去兰州市博物馆参观学习，她会意地笑了。

　　博物馆的朱漆大门紧闭着，门檐下一个穿白衬衣的中年男子懒洋洋地躺在藤椅上，跷着二郎腿，悠然享受美好的时光。他旁边放一个便携式的公示栏，上面写着：按照上级安排，我馆闭馆维修，建议到省博物馆、兰州市金城关文化博览园、八路军办事处参观。省博物馆我已经去过好几次，问躺着的馆员："金城关博览园在什么地方？"他说就在金城关。我又问金城关在哪儿？他说在白塔山。我继续问八路军办事处在哪儿？他说在南关。

　　于是我就去了八路军办事处，高楼林立的都市间，难得一座清净、古朴的四合院。四合院坐北向南，北边是一座砖木结构的二层楼，东西两边是一排长长的厢房。从西厢房到二层楼，再到东厢房，认真看过展馆七个单元的介绍，对西路军的决策背景、队伍组成、行进路线、主要战役、悲惨经历，有了概括的了解，也明白了八路军驻兰办事处设立的原因，为联络和营救被俘的西路军战士，同时也记住了展览结束语：融入历史、化作山峰。筚路蓝缕，薪火相传。

　　站在办事处院落里四下观望，三面高耸的楼房使人感到都市的拥挤与压抑，心想兰州也太吝啬了，为什么不给它一个稍微宽畅的空间？坐在公共汽车上打听汽车东站的位置，身后的一对老夫妇你一言我一语地详细道来，生怕我迷失了方向。当我下车后向他俩致意时，他俩也微笑着向我招手。此刻，我似乎感受到了文化的渡口。

2013 年 11 月 18 日

天水三题

或公或私，一年之中去了三趟天水，每次去，话题和行程总是围绕麦积山、伏羲庙、南北宅子、大地湾、卦台山。面对丰富而古老的文化遗产，天水人总是抱怨城市发展速度的迟缓，说不能和陕西的宝鸡相比。宝鸡如何，我没有去过，天水应该发展到什么程度，我没有做过具体设想。每次到天水，总觉得气候比定西湿润，植被也好，水果丰富。春天有桃，秋天有苹果，公路两边也变成了水果市场。

麦积山

十多年前登麦积山时，栈道已由木桩改成水泥台阶，那天游人很少，只有我和一对恋人。年轻女人登山之前胆怯地说："敢上去吗？"她的男朋友安慰道："怕什么，有我呢！"走到半山腰，她的男朋友恐高，慢慢挪动身子，她上前拉了一把，她的男朋友害怕地叫道："不要动我。"

那时对佛教文化了解很少，回来后写了一首题为《麦积山》的诗歌："积麦成山，是黄土地上，多少虔诚的生灵，渴望的风景。然而你，以石头的体躯，凝固信仰，构筑坚实的文化。疲惫的旅人，难以识读，你深沉的蕴含，却愿留恋在，远离尘埃的林壑间，感知一树，火红的枫叶。"

今年春天再登麦积山，上到第二级台阶，觉得有点眩晕，同事鼓励我，我也鼓励自己。我尽量分散自己的注意力，以身旁其他人为榜样，鞭策自己。最后我终于克服了恐惧心理，战战兢兢、如履薄冰地走完了全部路程。

夏天和同学再一次登麦积山。"是日也，天朗气清、惠风和畅。"跟随导游一路从容看过去，对麦积山石窟的造像艺术有了大概了解。同学问我为什么这次没有恐高，我开玩笑地答道："是有女同学陪伴呀！"

伏羲庙

刘师培认为："伏羲始画八卦，后圣有作，重为六十四卦。"周文王被困羑里而演《周易》，《周易》成书大概是春秋时代的事了吧。书难读，面对《周易》，我只能浅尝辄止。伏羲庙始建于明朝成化年间，展示了周易文化、六十四卦天花藻井、河图洛书。

史前文明来自传说，文字没有发明之前，历史只能依靠传说。文字记载未必完全真实，传说的未必一定虚假，我相信传说。我在麦积山下看到有街亭的景区，又在秦安大地湾看到马谡失街亭遗址。马谡失了一个街亭就让诸葛亮挥泪，怎么会有两个街亭，让马谡接受两次死刑。

大地湾

通向大地湾的路真远。

有意思的是莲花镇，一半在庄浪，一半在秦安。提起庄浪，我油然想起邵振国的小说《麦客》，无意间，自己成为庄浪的过客。

大地湾遗址坐落在川地间，而我寻访过的其他古人类遗址都在半山腰，想必是大地湾地处与葫芦河相接的缓山坡上，地势较高的缘故。大地湾先民生活在半穴式房屋里，屋内有保存火种的灶头。火的发现和使用是人类文明进步的重要标志，有了火，人类可以吃上熟食，告别茹毛饮血的原始状态，从而开创了华夏文明。在使用火的过程中，人们受到启发,开始烧制陶罐,并将天上的鸟、河中的鱼、地上的鲵、手中的网绘制到陶罐上。

大地湾出土文物大多珍藏在甘肃省博物馆,而大地湾博物馆展示的各类兽骨引起我的兴趣,有虎、有棕熊、有大象、有鹿。如今贫瘠的黄土高原,在上古时期显然是另一番景象,气候湿润、雨量充沛、土地肥沃、林木茂密。

根据史料记载,伏羲氏要早于神农氏,也就是说伏羲氏出现在第一次社会大分工之前。我不禁要问,形形色色的彩陶上为什么没有八卦的图案?

2015年9月7日

鸠摩罗什塔

武威鸠摩罗什舌舍利塔为八角十二层,十二层在佛家的寓意是什么,我还没有弄明白。当时,我想登上去看看,可惜红色的小木门上着锁。跟在一位虔诚的信徒身后,绕塔三匝。那个信徒一边祷告,一边不住地打量我,我的虔诚,似有非有,似无非无。

浏览了佛塔修缮的简介,塔于清康熙年间重新修葺,我怀疑舌舍利是否真在塔里。鸠摩罗什是龟兹国人,他翻译的《弥陀经》《维摩诘经》《金刚经》《法华经》非常流畅。

佛经面向大众,要尽量口语化,佛经翻译促进了汉语词汇的演变。我读过《维摩诘经》,它是通过构思巧妙的故事,用衬托的手法,描写了维摩诘居士道行的深厚。但维摩诘居士阐述了哪些佛家教义，我却忘得如此干净。对于《金刚经》倒听过系统的讲座，"一切有为法，如梦幻泡影。如露亦如电，应作如是观"，记住了荧屏上反复吟诵的偈子，但并没有真正做过"如是观"啊！

《金刚经》讲"空"，世俗探索"有"的婆娑世界，"不落两边，不住断常，不着空有"。佛经关于"空"的阐述，使你轻松、解脱。但我更执着于"有"的思考，工作即是生活，如何为生活注入更多的内容，那就不能将工作与生活当作两个相对的范畴来对待。工作是生产劳动，而生活范围更广，似乎更倾向于家庭、感情方面的内容。如果为自己的工作注入感情的因素，看成事业，看成人生价值所在，工作也就成了生活的艺术。

在武威的那天晚上，我向领导建议：应该像西安的大雁塔和小雁塔一样，将鸠摩罗什塔向游客开放。眼见为实，如果亲眼看到舌舍利，我还会有什么怀疑呢？他问我参观文庙的感想，我说如果将文庙比喻成古玩，武威文庙是我所参观过的精品。

鸠摩罗什在武威翻译了《弥陀经》，还记得我当时确有登塔的欲望，奢求在时光的隧道里，与鸠摩罗什相遇。

2016 年 12 月 29 日

焉支山

> 亡我祁连山
>
> 使我六畜不蕃息
>
> 失我焉支山
>
> 使我妇女无颜色

去往河西的路上，和朋友提起这首歌谣。到达张掖，当地盛情的朋友自然又谈到这首歌谣。当然，他建议我们去观光的地方也非焉支山莫属。

离开山丹县城，车子驶向祁连山腹地，沿路的水田和陇中高原的田地并无二致。碧绿的玉米、黄黄的油菜花，砖木结构的民宅，同行的朋友感慨这里比定西乡村富有。途经两个乡镇，穿越连绵的山坡，转过一个大山弯，焉支山就横亘在你的面前。山门上写着"国博故里"四个大字。

张掖的朋友介绍道：公元609年，隋炀帝西巡，在焉支山会见了西域二十七国使臣，焉支山成为世界博览会最早的发源地。查看《资治通鉴》卷第一百八十一卷有这样的记载："壬子年，帝至燕支山，伯雅、吐屯设等及西域二十七国谒于道左，皆令佩金玉，被锦绣，焚香奏乐，歌舞喧噪。帝复令武威、张掖士女盛饰纵观，衣服车马不鲜者，郡县督课之。骑乘嗔咽，周亘数十里，以示中国之盛。吐屯设献西域数千里之地，上大悦。"

焉支山是山中之山，自然有祁连山浑厚连绵的气象，并非想象中的险峻奇特。山门是新修的，环视四周，并没有任何古老遗迹。山门正对面一条石级蜿蜒而上，通向山顶飞檐拱角的寺庙。山的两边是长满松树的峡谷,乘车从右边宽阔的山谷直达山顶,留意到山谷间竟没有流水,可是,山坡上的松林繁盛茂密,大自然的魅力也许就是这么没有规律可循。

山顶的寺庙叫玉皇观,原本叫玉皇寺,原建于唐朝开元年间,毁于"文革"时期。欣赏过观内的楹联,走进三清殿,三面墙壁全是壁画。看完玉皇观,一位道士问我在练习书法吗?我说没有呀。他说发现我看楹联非常认真。说来惭愧,每幅楹联我都认真看过,心想该拿笔记下来,这不,转身就忘了。

我笑着问一位女清洁工:"山上有没有胭脂草?"她没有听懂。我补充说:"就是用来做胭脂的花,我要摘几朵回去打扮老婆呢。"她会意地笑:"是林子里粉红色小花,多采一些带回去哟。"

焉支山的松树枝干细长而挺拔,连绵的山峦到处是松林青翠的绿。偶尔注意到有些树干上标有青海云杉的标牌,却没有仔细观察它与其他树种的区别。林子里蔓生的植物并不多,处处点缀着粉色的小花,好奇地摘了一朵,朋友说不可能是用来做胭脂的,渭源的山林里到处都是这种花。《史记·匈奴列传》引习凿齿与燕王书曰:"山下有红蓝,足下先知否?北方人采其花染绯黄,撷其上英鲜者,作胭脂,妇人采将用颜色。吾少时再三过,见胭脂,今日始亲红蓝,后当足致其种。匈奴名妻曰'阏氏',言其可爱如胭脂也。"

当地的朋友感慨此地缺水,说要是有九寨沟十分之一的水就好了。同行的朋友却向我介绍他家乡渭源五竹寺的松树枝干比这儿的要壮得多。我觉得远离烦恼，在这幽深的林子散步，是多么惬意的享受。"不识庐山真面目，只缘身在此山中"，想近距离眺望雪山，但一路林子密，没有看到。

当地的朋友介绍，因为有军马场的缘故，山丹是霍去病西征的战略要地。可惜正在修路，不便去游览。《史记·匈奴列传》载："其明年春，汉使骠骑将军去病将万骑出陇西，过焉支山千余里，击匈奴，得胡首虏万八千余级，破得休屠王祭天金人。其夏，骠骑将军复与合骑侯数万骑出陇西、北地二千里，击匈奴。过居延，攻祁连山，得胡首虏三万余人，裨小王以下七十余人。"《史记·卫将军骠骑列传》"最骠骑将军去病，凡六出击匈奴，其四出以将军，斩捕首虏十一万余级，及浑邪王以众降数万，遂开河西、酒泉之地，西方益少胡寇。"这就是匈奴作歌的缘由了。

2014 年 9 月

水

长期生活在缺水的陇中地区，对于水的热爱，更多地倾向于对水资源的渴望。一眼山泉、一湾清流、一口老井都会令我为之振奋。小时候每次暴雨过后，村里的孩子们都会跑出家门，在山水间嬉戏、雀跃。

有一次跟父亲这样对话："山洪流到哪儿去了？"

"到渭河。"

"渭河呢?"

"到黄河。"

在兰州上学期间,时常在黄河岸边的沙滩上散步,目睹它夏的丰沛、冬的瘦削、阳光下的明媚与烟雾中的深沉,赋予我多少青春遐思,留下美好的回忆。后来在陇西渭河大桥看到宽阔的河床上那股涓涓细流,汇聚成莫名的感伤。

去年初夏,有幸去敦煌,怅然眺望沿途茫茫戈壁,想起张骞、唐玄奘、霍去病他们是如何穿越这干渴的漫漫之途。目光自然被祁连山皑皑的白雪所吸引,只要有雪水的地方,就会有绿洲、村庄和城市。同行的一位老者,祖籍四川,现居新疆,他精神矍铄又热情健谈。他问我去哪儿?我说经嘉峪关到敦煌。他说五月正是去敦煌的最好季节。望着窗外的治沙工程和高速公路的建设,他由衷地感慨道:"这就是人与自然!"

他向我介绍在新疆北部,"引额济克"工程是将额尔齐斯河的水引到克拉玛依。他感叹这项史无前例的工程之浩大、设备之精良,同时谈及南水北调的西线工程是将长江水引到河西走廊和新疆,使茫茫戈壁变成富饶的八百里秦川。对于南水北调的西线,我的印象是将长江上游的水引到黄河上游,从而增加黄河的流量。

从嘉峪关乘汽车去敦煌还要三百七十公里,穿越长满骆驼草的戈壁滩,途经安西自然保护区,远远望见一片蓝色的湖泊,像姑娘美丽的明眸,心想那该是疏勒河水库。多少兄弟姐妹,因为她的召唤,远离黄土高坡,举家迁移到这儿。正如《诗经》所云:"民亦劳止,汔可小康。"

原想敦煌是沙漠深处的一个旅游小城，走进敦煌，才知"敦"，乃大也；"煌"，乃盛也。它是承载着二十几万人口的大绿洲，农业发达，盛产棉花、葡萄等。敦煌是古丝绸之路上途经阳关和玉门关的重镇，汉唐时期相当于现代的广东。在夕阳无限的黄昏和阳光妩媚的清晨，我分别看到了月牙泉和莫高窟。

祁连山有限的雪水，造就了兴盛的绿洲，同时也孕育了河西走廊发达的农牧业。陇中有深厚的黄土，但干旱少雨，土地缺少水的滋润。想起渭河流域古老的文明，祖祖辈辈在严酷的自然环境下坚韧不屈，以"人一之、我十之，人十之、我百之"的精神，改造自然，改变着命运。从红浆泥填筑的水窖，到混凝土砌筑的集水工程；从小流域治理，到退耕还林的实施，人们对于缺水的斗争从来没有停止过，从而基本解决了人畜饮水问题。从《定西日报》看到引洮一期工程通过国家水利部门的技术论证，倍感欣慰。

人的智慧改写造物的不公，生命之水泛溢在人的智慧和对造物不懈的改造中。

2004年4月16日

西安印象

1994年8月，我第一次去南京。清晨，坐在途径西安的火车上，远观阳光下雄伟的西安城楼，自然萌生到城墙内参观游览的想法。

1997年初夏，我从厦门到西安换乘火车，于是抽空和岷县的同事去造访在西安交大攻读博士学位的朋友。午餐后我看到他躺下来张着嘴熟睡的样子，使我深切感受到人生的不易。那时西安交大钱学森图书馆刚刚落成，楼前的广场上正在绘制一幅巨型中国地图。

接着我和同事去游览大雁塔，就在我仰望观看的时分，他买了一支足有两尺长的高香，拜了起来。我想到塔上参观一番，他坚决不去。无奈我俩打车去了陕西省历史博物馆，可是走到门前，他说在外围看一下，不必进去了。这回轮到我坚决了，我执意要进去看看。一进博物馆，我就被丰富的馆藏文物所吸引，尽管不懂，但凭兴趣走马观花地看过去，足足两个多小时，得意间却看到同事躺在长椅上酣然大睡。

夜晚朋友将我俩送去火车站，沿途他向我介绍了克林顿曾经下榻的酒店，贾平凹办公的文联大楼。

西安举办世界园艺博览会那年，单位组织了学习考查活动。从延安一路过来，大家都那般尽兴，从不唱歌的女同事跟我来了一曲南腔北调的组合，着实高兴。自由活动的上午，我独自打车去碑林，车子飞驰在宽阔的高架桥上，蒙蒙细雨给雄浑的古城增添了几分妩媚，到碑林时还不到开门的时间，毫无疑问我是第一位游客。走在两边柏树高耸的通道，颜体书写的"碑林"显得那般厚重、朴拙。在唐玄宗书写的石台孝经碑前，碰见一位黄头发、蓝眼睛，五十岁开外的外国人。我鼓足勇气用英文问他是哪儿人，他说是瑞典人。他想跟我交谈，我听不懂，只好用微笑表示歉意。看过各大名帖的出处，站在《怀仁集王羲之圣教序》碑前，体会一番"透过刀痕看笔痕"的感觉，足以使一个门外汉感到满足了。想买一张《孔子行教像》的拓片,可我想放在家里是否适宜,于是打消念头,当然跟囊中羞涩不无关系。

在石雕和佛造像博物馆里,我又遇上了那个瑞典人,他在一尊佛像前用笔记本记录着什么,我不禁崇洋媚外起来,同时想起发现马家窑文化的瑞典学者安特生。

从碑林回来的路上,出租车司机向我推荐了一家正宗的岐山臊子面馆,没吃过瘾,又加了一个肉夹馍。那天夜里,上火车时我扛着一个编织袋,里面装满延安的大枣、临潼的柿子和石榴,热情的同事捕捉到我弯着腰、龇着牙、咧着嘴的镜头,笑我是农民工,其实我本来就是一个农民,不是像个农民工。

孩子考入西安交通大学,入学时当然全家出动。我们好不容易在西安交大东南门附近找到一家宾馆,商议下一步去哪里时,大家的意见发生分歧,最后还是妻识大局,我们按照原计划去游大雁塔,了却我登塔的心愿。刚读过《心经》,当我向大雁塔下玄奘的雕塑双手合十时,心脏突然剧烈跳动起来,我感到恐慌,我想那该是与神灵的感应吧。

因为孩子决定独自去报名,我和妻子就又去游古城墙。西安城墙于明洪武七年到十一年(1374—1378年)在隋唐皇城的基础上建成,从隋唐皇城算起,已经有一千四百多年的历史。现在的城墙是清朝康熙、乾隆历代大力修缮的结果,当然,更离不开历届政府对文化遗产的保护。我俩在长乐门租了一辆双人自行车,边蹬边聊,欣赏古城风景。

城外高楼耸立，城内建筑古朴，西安地形开阔，建筑布局疏朗有致，傲然的都市气象。妻子尽兴之余，嗔怪孩子，说不要帮助他收拾行李，让他小子忙碌去吧，说不定他正在后悔呢！后来我俩又去了碑林，《孔子行教像》已经停拓。

第二天，妻子游兵马俑，我沿公路去登骊山，那时正是石榴成熟的季节，漫山遍野红红的果实，像美人的微笑，武则天就是用石榴裙迷倒了李治。登上"烽火戏诸侯"的烽火台，褒姒的开心一笑映上心头。我不明白西安人为什么将骊山称为圣山，在我看来，是名副其实叫后人吸取教训的"戒山"。

我对孩子说，读懂西安，就读懂了中国的历史与未来。

2014 年 11 月 8 日

鄂尔多斯一瞥

鄂尔多斯温暖全世界。妻曾给我买过一件鄂尔多斯产的羊毛衫，鄂尔多斯温暖过我的冬天。

在与朋友闲聊房地产泡沫现象时，朋友向我谈到过鄂尔多斯。朋友说理智的人经常在分析，而胆子大的人只管在赚钱。从宁夏石嘴山市向鄂尔多斯进发，到内蒙古境内已夜色蒙蒙，车窗外是戈壁滩还是草原，我看不清楚，同行者埋怨应该安排在白天，可以领略沿途的风光。依稀记得历史上汉武帝置朔方郡，路过朔州，我想鄂尔多斯快到了。

由于高速公路的路牌上没有写清楚，我们在东胜区和康巴什区之间迷了路，最后休憩在东胜一家商务宾馆里，躺在弹簧分明得如肋条的床上好生舒服，睡了一场好觉。

东胜区是鄂尔多斯市的旧城区。第二天早上吃过早餐，无暇观赏旧城的景致，直接驱车向康巴什行进。康巴什是一座全新的城市，宽阔的街道，形态各异的建筑勾勒城市空间的美。望着造型别致的博物馆，我在想其造型像一朵花，还是一块奇石？朋友说像一顶蒙古族男人帽子。构筑城市公共文化空间是城市建设的一项重要内容，以整体规划的形式来表达城市独特的文化是大手笔、大文章。

鄂尔多斯博物馆是一所综合性博物馆，出于个人的偏好，我认真地游览了历史博物馆。指着一个体型硕大的三足鬲，我向朋友笑道："陇西人叫它马奶罐。"我一直困惑先民们在远古时代如何交流，因为远在千里的草原，这里的先民所用器具与黄土高原上古人类所用的器具惊人的相似。在没有文字的漫长年代，蒙昧时代留给我们更多的是想象。成吉思汗的金冠熠熠生辉，该是复制品吧，成吉思汗戴如何高贵的王冠都不过分，是他缔造了真实的神话。没有时间来仔细欣赏大大小小的民族服饰的装饰品，也没有时间来详细了解鄂尔多斯的历史和现在。更让我遗憾的是我也没有看到关于汉武帝置朔方郡的相关介绍，也许是我记错了。

街上行人稀少，车辆也不多，心想如此美丽的城市怎么会成为"鬼城"？看到一个名叫"棣华康城"住宅小区，我顿时兴奋起来，因为儿子取名棣华，我说："定西有'文祥家园'，这不都和我们的名字重名吗？"

愿鄂尔多斯持续温暖全世界。

2013 年 10 月 18 日

瞿坛寺

一、土堡

黑燕山梁有座土堡，雪深尺许，莫辨其径，有好事者循禽迹兽踪而入，内驻电信、联通二兄，雪消高架，飒然有声。拾得均窑残片一枚，若少妇之美甲，笑而弃之。不知土堡何年何月何人造也，极目雪原，甚幸至哉！

二、游太史公祠

没有向导，没有解说，静静地走在岁月和流水侵蚀的台阶。也许历史是一面镜子，让人能感受真实，而且更接近真实。汉武山河，千里迢迢，只为君归，只为君来。为留存你的记忆，我偶然发现自己拿着相机的影子。

三、瞿坛寺

兰州碑林有复制的岷县大崇教寺明朝宣德皇帝御制石碑，于是，我又去岷县梅川看了大崇教寺。在岷县博物馆欣赏佛造像、唐卡、经书等文物，敬业的馆长向我提起青海海东的瞿坛寺。

瞿坛寺是西北地区保存最完整的明朝早期建筑群，也是青海著名的藏传佛教寺庙。繁华的初秋，我完全心仪于古朴、雄浑的瞿坛寺了。

在瞿坛寺的大殿里，看到一位被子女用轮椅推着的年过八旬的老太太。她穿着一身青色的衣服，面容白净，神情沉静、安详。她在子女的搀扶下跪拜佛颜，失声痛哭，那哭声更像是倾诉幸福。

那天，我发愿要写一些关于瞿坛寺与大崇教寺的文字。

秋天过去了，冬天已经来临，今夜，在疲惫的列车上，记下这段文字，以了却秋天的心愿。

四、南梁一瞥

一位戴白头巾的老汉，坐在门前的板凳上，向过往的车辆招手。

五、土堡轶事

席家川只有一个地主，姓石，名吉武。石吉武有两座一前一后的山堡，一百多个长工。山堡有地洞相连，有枪，石吉武不轻易离开山堡。民国三十六年（1947年）中秋，石吉武去庙里烧香，土匪来了，押着石吉武来到山堡。他站在堡门前喊娘，让把枪扔下来，把堡门打开。土匪的三十匹骡马驮着白花花的银子、黑油油的鸦片奔北而去。土匪想杀了他还是留他一条活命呢？放了他吧，让他继续为咱们攒钱。

解放了，石吉武的大老婆去世，小妾走了陕西。石吉武一个人待在山堡里，独自生活。

六、游动的云彩

在美丽富庶的扬州，餐桌上我们谈起书法，谈到王羲之，谈到江南的园林。

西晋、东晋、南北朝时期，北方少数民族兴起，问鼎中原，于是门阀、士族纷纷南下，带动了南方经济的发展。王羲之是山东的贵族，他的书法带有与生俱来的贵族气质。北宋末期，金国势力又逼迫赵构南渡长江，"暖风熏得游人醉，直把杭州作汴州。"明朝初期，北方空虚，明朝制定了从山西向中原强制移民的政策，山西大槐树成了集散地,同姓的人总爱说五百年前是一家,都是大槐树底下来的。

历史的长河间,人们在大地上不停地迁徙、移动。

2017年5月10日

再走汪氏元墓群

漳县旧城区大桥边向东,有一农家专卖羊十道。羊十道是用从羊头到羊尾不同部位的肉和内脏做的十道佳肴,其中清蒸羊血最为特别,血的颜色呈白色,状如豆腐。盛情的老板向我介绍,羊十道的制作工艺来自元朝宫廷,因为漳县盐井是元朝陇右王汪世显的故里。汪氏家族历宋、元、明、清四朝而不衰,汪氏元墓群就在县城城郊,2001年5月被确定为全国重点文物保护单位,至今保存完好。

品尝过羊十道,乘兴去汪氏元墓群。初春季节,天色阴沉,车子向西爬上徐家坪,坪不大,人们正在播种。墓群坐落在坪南名叫小盐井的沟口边,说来墓群的地形也分外特别,原来,汪氏元墓群就在眼前芳草萋萋的山坡地。既然是墓群,为什么没有坟墓的土堆。我问同行,他说也许是元朝墓葬的习惯吧。墓地间一个穿蓝色服装的工作人员手里提着一个头盖骨向我们慢慢走来,同行戏谑地笑道:"你手里提的是哪位祖先?"

工作人员姓汪,专门负责看护元墓群。老汪将头盖骨小心地放在窗台上,笑嘻嘻地解释道:"可能是暴雨冲刷出来的,在山沟里,我捡了回来。"老汪是汪氏家族的后裔。说来凑巧,自墓地派专人看护以来,管理人员都姓汪。

有了和汪氏文化的结缘,在西北师大附中门前的旧书摊上碰到《元史》,我想廉价买下有《汪世显列传》的那本,摊主说不能分开买,我不甘心,磨蹭了好一阵子,由于对阅读《元史》的兴趣并不浓厚,只好作罢。不过,基于对黄河彩陶文化的热爱,多次在省历史博物馆欣赏过汪氏元墓群出土的相关文物。天蓝色琉璃莲花盏、景德镇釉里红高足杯、各类精致的丝织品,它们在历史的殿堂,向你展示汪氏当初的荣华。

第二次去汪氏元墓群是为了去散步。我开车到徐家坪才觉得路窄,小心翼翼、如履薄冰。同事笑我驾驶水平一般,还不及他常不开车的人。那天主要走了与徐家坪毗邻的学田坪,学田坪有古文化遗址,我们找到了许多红陶土残片,没有花纹,大概是齐家文化。同事在打麦场上发现了两朵硕大的白嫩嫩的蘑菇,甚是可爱。

《漳县汪氏元墓群保护条例》被列入地方立法计划,作为调研组成员,再次赴漳县对元墓群进行详细调研成为我分内的工作。出发前,有意拿出朋友赠送的1934年民国版本《韩氏漳县志》,直接翻到卷七《人物志》关于汪世显,儿子汪德臣、汪良臣,孙子汪惟正的传记,传记内容只是对《元史》人物列传的重复。不过我发现,对汪世显的身世,删去了《元史》中"系出旺古族"的说法。查看相关资料,旺古族是唐五代时期形成,阴山以北,属突厥语系新的族类,并明确指出,陇右有汪世显家族。同时,从网上看到2005年《甘肃日报》上题为《南北汪氏是一宗》的文章，认为漳县汪氏源自安徽。也许对漳县汪氏家族的来源早有定论，但我感受到文化的深沉，只要涉足其间，就会给你带来思考。

卷八《文艺志》有五份当时皇帝对汪氏家族的诏诰，引起我的好奇，诏诰的内容反映了元、明、清三朝汪氏家族的地位和作用。分别是：《元世祖追封汪世显敕》《元世祖追封汪德臣敕》《明太祖授汪庸都总帅敕》《明宪宗授汪钊指挥使敕》《清世宗驰赠汪氏诰》。

《元世祖追封汪世显敕》：故巩昌府便宜都总帅汪世显，英声盖世，义气超群，镇彼遐陬，忠于故主，审灭亡之已验，犹拜泣而后降，逮我家事，益宣而力，石门归款，保首领者十万人。蜀垒战多，撤藩篱者五十余郡。幸孙枝之益茂，诣禁阙以哀祈，宜焕丝纶，用光泉壤，可特追封陇西公，谥曰义武。噫，两朝驰誉，实臣子之至荣，一代追崇，亦国家之殊宠。魂兮不昧，钦此无穷。

继1227年蒙古铁骑灭西夏，1234年又灭金。金国灭亡后的第二年，汪世显坚守的巩昌城，被围困数月后，绝无外援，孤城难守，被迫出降。此后，汪世显和他的儿孙们跟随蒙古人征战四方，足迹遍及陕西、甘肃、青海、四川、云南。从汪世显到其曾孙五代，"为官者一百八十余人，其中王者三，公者十"，即著名的"三王十国公"。有三位蒙古宗族公主下嫁汪氏，也就是说，有三个并不是严格意义上的驸马，分别是汪良臣、汪惟勤、汪隆昌。

2005年兰州电影制片厂制作的《月圆凉州》，讲述了蒙古汗国西凉王阔端与西藏高僧萨迦班智达和谈的过程，汪世显作为阔端的参谋和助手，对凉州会盟做出了重要贡献。凉州会盟使西藏纳入了中国的版图，实现了蒙汉藏及多民族之间的世代团结和睦。

《明太祖授汪庸都总帅敕》：巩昌之地，势控西域，汪氏世守之。恩威久著，军恤民安，载诸信史，功绩昭然。尔汪庸，志行老成，才智通练，我师驻于秦陇，不犯干戈，奉其版图，首效承顺。朕闻尔祖，考，镇静边陲，恪恭慎畏，必能绍承前烈。是以俾掌武卫，仍袭前职，收集军士，抚恤军民，尚笃忠孝之道，富贵功名，又将延于尔子孙矣。可授昭勇大将军，巩昌等处都总府都总帅，宜令汪庸，准此。

翻阅《明史》，没有汪庸、汪钊的专题记载。《明史·列传》中有这样的叙述："遂渡陇，克秦州，下伏羌、宁远，入巩昌，遣右副将军冯胜逼临洮，思齐果不战降。"古人惜墨如金，一个"入"字，蕴含了多少当初的故事。1369年，朱元璋的大将徐达进兵陇右，汪世显的第五代孙以城归附，不久，便结束了汪氏家族长期坐镇巩昌便宜总帅府的历史。从1235年汪世显坐镇便宜总帅府到1369年汪庸归降明朝，汪氏家族共任职巩昌便宜总帅府的历史长达一百三十四年之久。

到漳县调研，接待我们的是老汪，十年了，他的工作岗位还没有变。我向他谈及初次到元墓群他捡拾头盖骨的情景，他还有印象。说索要头盖骨的人多呢，他都没有给。我猜测这样做是否出于讲迷信，老汪说正是，这使我想起当年蒙古军有用头盖骨喝酒的仪式。县文物局准备了翔实的汇报材料，从材料中，我对汪氏元墓群有了更为具体的了解：墓地约建于1243年，历经十五代，墓地长三百多米，宽一百五十米，总面积约三万平方米，有土墓两百多座，从汪世显到其曾孙五代，贯元代始末，是我国目前发现的最大的元代墓葬群。现已发掘墓葬珍贵文物一千余件。

　　为了更加直观地感受墓群，调研组决定在墓群间参观。按照保护单元的划分，墓群间摆放着走路的石板。我问老汪没有坟茔的原因，他说以前全部都有，并且有墓碑，早在兴修水利期间，人们将土堆推平了。墓碑散落民间，现在也难以找到，只剩下一个墓碑底座。老汪介绍，墓群后依汪古山，前瞰漳河。我想在荒草间找寻遗落的残片，解说员提醒我小心有蛇，说她的同事前两天发现了一条长蛇，吓坏了。经她提醒，我不敢再轻举妄动。

　　漳县博物馆设有汪氏文化的专栏，对已出土的文物进行系列展出，有全国仅有的红漆供桌，有青铜器、耀州瓷、丝织品、玉器、女人的佩饰等等，让你强烈地感受到汪氏家族的兴旺发达，元墓群该是一座美轮美奂的地宫世界。"遍身罗绮者，不是养蚕人。"解放以前，贫富差距令人难以想象，比如过冬，穷人没有棉衣可穿，靠用羊毛毡制作的"套子"御寒。元墓群出土过两件完整的丝绸服装，由于条件所限，现由省博物馆代管。省博物馆想移交，可是漳县博物馆没有能力接受。据说省博物馆陈列的汪氏文物都打过借条，漳县想要，省博物馆又不给，简直是刘备借荆州。

　　参观期间，我有意留心了关于漳盐文化的介绍：漳县因盐而兴，东汉章帝元年初置"鄣县"，治所在盐井镇；漳县因盐而盛，元明之时，漳盐远销陕、川、甘等地，清代仍销及天水、陇南、甘南等地。清嘉庆年间彰县知县苏履吉写过《盐井诗》：南望盐川五里途，煮来双井水成珠。朝朝集上薪为桂，六十余家卖尽无。联想到江南盐商富甲天下，猜测汪氏家族的兴起与发达是否与漳县盐业的发达有直接关系。

一边参观文物，一边感慨：如果按照馆藏青铜器的形致，修一座风格独特的博物馆，对汪氏文化进行更为详尽的介绍和展出，将会促进漳县旅游业的发展。兰州有一条路、一座桥、一碗面。漳县有一座山、一口井、一群墓。我一直认为，漳县还应该有一个湖泊。

博物馆王馆长介绍，由于展馆面积所限，还有古钱币、古书籍等文物没有条件展出，使我想起汪惟正自幼喜欢读书，也喜欢藏书。《韩氏漳县志》记载："汪惟正，字公理，幼颖悟，藏书二万卷。喜从文士议论古今，治乱尤喜谈兵。"又从其他资料中了解到，汪惟正的藏书楼叫"万卷楼"。博物馆馆藏图书是否会有汪惟正的藏书？王馆长向我投以微笑，并不正面回答。在我第二次到元墓群期间，为参观馆藏文物，我特意拜访过他，我俩就彩陶图案的含义进行了深入交流。他赠我一幅阅读无字书的写意画，配有一首禅诗：坐破蒲团翻破书，禅家几个得真如，若将眼孔睁开看，斯道元来一字无。

2019 年 6 月 30 日初稿
2019 年 7 月 2 日修改

第四辑 隐者非隐

刘老大

一

小镇的街道坑坑洼洼，泥泞不堪，我想起小时候端半盆白面，去魏家铺子压面的情景。那时榜罗的街道很窄，只要天一下雨，满是泥泞的街道叫人无法行走，我端着面粉小心翼翼，不敢有丝毫懈怠。魏家店卖油饼和臊子面，四面八方来的食客吃蹴在铺面的房檐下，将臊子面挑得高高的，看了叫人直咽唾沫。魏家店在旧城改造中被保留了下来，听说红军长征时某位将军住在那。

此时回家，还是去看刘老大？妻子让我定。我犹豫着说："还是去一下，毕竟大婶做过手术，去看她恢复得怎么样。"东街上开了一家大型超市，服务员都讲普通话，街上三三两两的行人，看上去都很悠闲，集镇一如既往的平静。

刘老大家的大门没有上锁，肯定有人。进了院子，却没有一点声响，我大声喊："有人吗？"从西厢房里走出一位胖墩墩的中年妇女，阴沉着脸，低声说："人在呢。"她将我俩带到北边的客房，大婶侧身躺在床上，听到声响，转过脸来。她面容憔悴，花白的头发显得有点零乱，看到我，惊奇地问："你怎么来了？"

"来看一下大婶身体好着吗？"

"我一直好着呢，年前提了两桶水，有点用力过度了，这不，腰痛得下不了床了。"

"我大叔呢？"

"到县城给他治病去了。"

"你不知道吗？你大爸年前得了病，到县城扎针去了，小勇和芳芳陪着去了。过年时，你家二哥来看他，你大叔高兴，还喝了几盅酒呢。""年前我到你姑奶家，也碰上你家大哥，他身体攒劲得很啊。"

刘老大是姑奶的远房侄子，她说的"你家大哥"是说我父亲。父亲今年八十岁了，身体难得康健，她由衷地羡慕。小勇是她的大儿子，芳芳是她的女儿，还有个二儿子到江西看小勇的生意去了。

大婶向她妹妹介绍道："这是你姐夫的好朋友，你看着让喝茶，吸烟。"她妹子要找茶具，我挡了。我问大叔的电话号码，大婶急切地在她电话上翻找，说找见了，让我们搞上两句话，说不定这是最后一次了，说得我感到分外凄凉。

她妹妹说："不用找了，找见了也说不成话，你大叔现在说话言语不清，半身不遂了。"我才感到病情的严重。在大婶的催促下，她妹妹拨通了芳芳的电话，耳边传来芳芳明快的声音，她说大叔正在输液，不便接听电话，让我吸烟休息，并表示感谢。

二

我看到方桌上的花瓶里插着长杆旱烟袋、五组件仿宣德炉供器、木制梳妆盒，脑海中浮现起各种各样的回忆。

人人都称大叔为刘老大，他也乐意接受这个称呼。据说刘家是民国年间榜罗镇的大富人家。大概受家庭熏陶，20世纪80年代，刘老大弟兄三人都做古玩生意。老大没有念过书，识别古玩能力较差，但生意还凑合；老二生意不行，手头却有董其昌的残卷；老三高中毕业，不仅识别古玩能力强，而且经营灵活，生意最好。乡里乡亲见了老三最热情，于是老二感慨人心不古。

  据老大自己讲，他曾收过文徵明的手卷，由于东西太好，不知怎么收藏。放在粮食柜里，怕老鼠啃坏了；放在柜子底下，又怕受潮了；出门呢，还怕贼偷了。想来想去，还是拿到兰州，找一个懂行的买家，换上几千元，再搭上几幅黎泉的中堂，满载而归。客房就是用文徵明的手卷换的钱修盖的。做古董生意，还得善于"包装"，他在文树收了一本古人的读书笔记，刻一方陇上名人范振绪的印章，在兰州卖了三千元，听他狡黠又不失坦诚的讲述，着实令人佩服。

三

  刚结婚那年，回老家时听说刘老大和三哥合伙收购了一幅清乾隆年间通渭县知县李南晖的中堂。尽管我不懂书法，但我明显能从作品中体会到李南晖书法的古拙、苍劲，足以叫人动心。还有一幅民国年间陇西师范校长柴庆荣的横幅画作，老大说柴庆荣的画作少，如果我有兴趣，就连卖带送，让我五十元拿上。我没要，一是那时我还没有收藏的爱好，二是顺手拿不出五十元钱来。

  过后，他乘我的顺车来定西办事，背了一蛇皮袋字画。一路上，他向我讲述古玩的种类，我认真地听着什么玉器、骨器、瓷器、木器、铜器等，他虽然没有念过书，但非常精明，对于古玩知识的全面掌握，使我对他产生几分敬意。

他一进我定西的新家,就看到墙上挂着一幅烟熏得成色很好的隶书字画。他将双手插在腰间,仔细欣赏一番,说要是盖上左大人(左宗棠)的印章,能值好几千元呢。我笑道:"大爸,横眉冷对千夫指、俯首甘为孺子牛是鲁迅的话,怎么能盖左大人的印呢?不是成张飞打岳飞了?"他并不在意,我也不见怪。他绽开蛇皮袋子,里面竟是关山月的梅花。我说做假也做得太离谱了,连我这个外行一眼都能看穿。不过里边有一幅笔力遒劲的老字画,他说最少一百五十元,我没有买。他很大方地给我周岁的孩子送了一个树脂做的佛像,说保佑平安。

四

和刘老大交往之后,我也对古玩渐渐产生了浓厚的兴趣。尤其是听他走乡串户收买古玩的亲身经历,使我学会用历史的视角认识家乡,从而对村庄心生敬意。在他的启发下,我也有了打探家乡古玩的习惯,浪得古董客的名声。亲房兄弟犁地时发现了一枚青花瓷残片,说留下来,等他四叔回家时鉴定一下,说不定是块宝贝,发大财喽。

定西火车站古玩市场里的一家店铺的门联上写道:"古玩古玩莫眼馋,不懂装懂莫掏钱。"这是对联吗?就是这条顺口溜总结的人生经验,想必一般人也做不到,因为我在那里头心甘情愿地为别人送过不知道多少零花钱。其中最有趣的是有一次我将一个紫红色的小瓷罐认作古董,八十元收购后,兴冲冲拿到家里,告诉老婆我用五十元买了一件古董,可以腌咸菜,好看得很呢。没想到老婆严肃地板起面孔,从橱柜里拿出一模一样的罐子,有力地墩在我的面前，休息去了。我顿时满头大汗，气急了，拿报纸一卷，要去退货。没想到这时老婆又过来，狠狠地说："受了骗，还想要自取其辱吗？"我只得蔫蔫地独自反省。

欣赏古玩对理论知识和实践经验的要求都很高。我一直认为，古玩本身不重要，重要的是它蕴含的文化内容。家属院底下有一家古玩店，老板主要做马家窑陶罐生意，我经常那里去散心、聊天。我说："这么多，都够人们装酸菜了，能真吗？"他说我不懂。于是我有意认真阅读了恩格斯《家庭、私有制和国家的起源》、吕振羽的《史前期中国社会研究》、陈星灿的《一个考古人的日记》和定西收藏界关于马家窑文化的介绍和研究。通过阅读，认识了夏鼐、李济、张光直等优秀考古学家，对文化人类学有了初步的了解，也多次到甘肃省博物馆参观甘肃彩陶展览室，学习不同文化类型的图纹的特点和寓意。

按照刘老大等人提供的线索，我特意到家乡存有残片的地方考察，终于对马家窑文化、齐家文化有了更深入的了解。每个人在文物面前都是匆匆过客，学习它、研究它、欣赏它，这就够了。也就是说学习了、研究了、欣赏了，你就等于拥有了，这在道理上讲不通，但符合佛家妙有的概念，也符合阿Q的精神胜利法。

五

大婶躺在床上念叨："你也喜欢古玩，你大爸有一方砚台，不知藏在哪里了，给你收藏了。"我不敢答话，因为大叔曾向我展示过他视为宝贝的方形端砚。红端石料中间有一个凹形的小坑，可惜没有别的工艺。大叔说是宋朝的，值好几万元，我哪有能力收藏。我只是安慰她好好休息，身体会一天比一天好起来。

　　看到方桌上的旱烟袋，我想起第二次到大叔家的情景。那天人多，二叔、三哥，还有我们一家。那天刘老大特别高兴，向我们展示他的收藏品，玉器、钱币、书画之类。他拿着一枚大方孔咸丰通宝，说值两三千元。二叔笑着说："真的吗？"他不高兴了，说道："怎么能假呢？"然后用力将钱币甩在水泥地面上，只见麻钱在地面跳蹦蹦，呛啷啷地响。然后他大声介绍，这是响铜，我喜欢他投入的表演。那天，我一百元收藏了一个素陶罐，说是从榜罗坪道出土的，还有一本古书。

　　他高兴地向我们介绍了方桌摆放的各种收藏品。旱烟锅子是民俗器物，也是民俗文物，纪晓岚的烟锅子不知值多少钱。他不精通，但了解皮毛，不深入，但都涉猎，我总觉得是文化层次制约了他，否则他会成为一个学识广博的收藏家。他顺手将烟袋上的小玉环解下来，挂在我儿子胸前的纽扣上。说我具有领导气质，以后会当县长的。他送东西，我当然高兴，尤其故意奉承，我更高兴。可惜那个指头肚般大小的玉环，我还没有来得及看，就让学着说话的儿子甩来甩去，甩在我家大门的石头上，找不见踪影了。

六

　　每次到榜罗镇，只要有空闲，我就会提一份小礼品去看刘老大，确切地说，是去欣赏他走村串户获得的古玩。其间，看过他收藏的砚台，也看过出土的魏晋时期的瓷器，我只有观赏的兴趣，没有收藏的目的。刘老大感慨道："文祥，你没有钱吗？大爸需要你们扶持呀。"

那年他的二儿媳没有办离婚手续，直接跟着娘家人上新疆了，在新疆什么地方，没有确切的地址。他请我给他写诉状，说儿媳妇彩礼多少万，拿去银圆多少枚，玉器多少件，他说，我写，我想大叔的家底着实深厚呢。那时芳芳上初中，坐在旁边听，大婶说："如果以后谁找了我的芳芳，他就有福了，你大爸收的好东西都是芳芳的。"芳芳听了，噘着小嘴，说道："我才不稀罕。"芳芳和我儿子同岁，听了这句话，我倒觉得这孩子挺可爱。

刘老大发狠道："我忽悠了别人一辈子，还想将我骗掉，就是找到老天爷的屁眼里，我也要将我的钱要回来。后来，我听说刘老大真去了新疆，人是找见了，可那边人多，不仅搜光他身上的钱，还将他装进一个大麻袋，撂在戈壁滩，挨冻受饿不用说，险些让狼吃掉，当然刘老大对我绝口不提这些。

七

大婶到兰州做完结肠手术，我到榜罗镇去看她，那时家里人都瞒着她的病情。她气色不错，精神很好，在我看来，不像做了那么大手术的人。她见了我，说："你大爸急着给我们盖房子呢。"原来刘老大正请木匠做棺材，怕大婶起疑心，说是为自己做，为了节约成本、减少麻烦，将大婶的也带上做了。在困难的境地，他还是保持着以往的乐观和好强，他说："芳芳为了伺候你大婶，也决定退学了。""芳芳懂事啊！"他的感慨中流露着愧疚与无奈。

我替芳芳惋惜，我曾问过她："学习怎么样？"她毫不犹豫地答道："好着呢。"不幸的家庭各有各的不幸，我能说些什么呢？建议不让芳芳退学，我虽然这样想，但没有资格说。穷人家的孩子早当家，生活是一所大学，在生活的大学里历练会更有利于谋生能力的提高，但为人父母，谁又愿意将孩子过早送入社会，让他们提前接受磨难的洗礼。

八

离开前，我在每间房子里看了一遍，房间都收拾得整整齐齐。离开时，大婶的妹妹将我俩送到大门口，开始情不自禁地啜泣起来，她说大婶的病在兰州看过，已经转移了，现在治太迟了，很难有效果。芳芳其实是她的女儿，当时为了生儿子，把她送给姐姐。妻子耐心安慰着，而我再也找不出话来，转眼看到墙角边一朵蒲公英在阳光下开放。

2015 年 5 月 15 日

白搭

二十多年前，中国文学似乎比现在更为兴盛。乡政府有一名姓刘的干部喜欢诗歌创作，笔名为白塔，他当时创作激情很高，还自费到北京参加《诗刊》举办的诗会。在他的同事和周围人看来，他花去了家庭支出的份额，于是人们暗地里叫他"白搭"。

暑假期间，我和当时上师范的堂妹慕名去拜访他。他很严肃，也很认真，他向我俩讲述了到北京参加诗会的情况，还受到《诗刊》编辑朱先树的点拨和鼓励。他谈起取笔名的本意，他说白塔山是兰州市的象征之一，他又是榜罗白家川人，"白塔晨烟"是通渭八景之一，所以他取名为白塔。我也觉得他的笔名挺有诗意。他介绍了他的主要作品，不多，印有一本小册子。那时我喜欢读北岛、顾城、舒婷的朦胧诗，有点好高骛远，他的诗并没有引起我浓厚的兴趣。但有一首《追红军》的短诗构思不错，写了红军到榜罗镇，留下红军精神，叫我们后人去发扬、去开拓。依稀记得最后两句是"沿着红军走过的路，我们去开拓"。可惜他将开拓朗诵成了"开石"，让我差点笑出声来。堂妹对他的创作精神很感动。

4月23日是世界读书日，那天我看了中央电视台2014年度好书评奖大会，九十一岁的诗人叶嘉莹精神矍铄，吟诵辛弃疾《水龙吟》时抑扬顿挫。心想自己虽然在阅读，但没有记住东西，没有记住别人的东西，自己也便没有实实在在的东西，这也许是大家与普通人的区别。叶嘉莹先生有一句话："读诗和写诗是生命的本能。"人人都有诗意的体验，但没有写出来，不能称之为诗人。白塔先生当然也是诗人，他将自己的诗意写成文字，大声朗诵出来，是一位自信的诗人。

转眼自己已到当年白塔先生的年龄，所写的东西，充其量也是一本小册子，没有在《诗刊》上发过东西，于是为自己年少的轻狂而愧疚。

2015年4月24日

书画家

通渭县城城西有一条不足两百米的街道,街道上住着几位通渭县著名的书画家,于是本地人叫它名人街。

星期天下午,我和大哥在县城西关二层楼的小酒馆吃过农家饭,下楼时,一楼铺面的大门上,有位书画家正躺在靠背椅上,双手捧着一本杂志,歪着头,在斜阳下看书。大哥上前问候道:"老师好吗?"

书画家偏着头,嗓音洪亮地答道:"好着呢。"

我走进铺面,原来这是一间宽畅的工作室。书架占满进门的那面墙壁,上面整整齐齐摆满十六开大的书籍。窗前是一张巨大的实木几案,羊毛毡上落满星星点点的墨汁,几案右侧是一个小博古架,右边的墙壁留一块空间,用来挂创作的书法作品。

书画家瞟了一眼我,问:"你俩是亲弟兄吗?"

大哥笑道:"这是我们家的老四。"

"怪不得一模一样。"

书画家用杂志拍打大哥的肩膀,说:"这个人,我俩对劲,能说成话。"

细看书画家的皮肤比女人的还要白皙,没有胡须。我想他男身女相,目光不便停留得太久,就直接走到一幅四尺中堂前,念了一遍内容,意境似乎非常熟悉,但由于草书落款,没有认出来诗作者,又不好请教。

书画家问:"写得好着吗?"

我毫不犹豫地答道:"老师的作品怎么能说不好,好得很呢。"

书画家问我在什么单位工作，回答过后，我有意补充道："是你中学同学老王的同事。"并向大哥介绍："老王是书画家中学同学，关系还好呢。"

他接过我的话，说："不好，不好，人家是官嘛。""定西的那坑水臭了吗？"

"没有，清着呢。"我为他的提问感到不爽，向大哥解释说："他是在说定西湖呢。"

"流水不腐，户枢不蠹。不流通的水，怎么会清呢？"我没有附和，心想他操的心也太多。

我在几案上拿起一支毛笔，严格按照五指执笔法的要求握笔，请书画家指点指点。他瞄了一眼，轻声说："可以消磨几年光阴。"声音轻得我几乎没有听见。

书画家还有一个人人皆知的惯例，就是他的润笔费。不论官大官小，钱多钱少，书画家的润笔费是不讲价的，他的作品在市场上也是"硬通货"。据说前几年政府用当地书画家的作品当礼品送给来宾，其他人不敢向政府讨要报酬，而书画家却定期索取报酬。

我故意向书画家说道："看在老王的面子上，老师能不能赠一幅作品呀？""没有，没有，我这几年再没有写过东西，害病着呢。"我又道："那就以后再说。"书画家不耐烦，淡漠地回答："以后再说，以后再说。"

夕阳西下，我还有一百多公里路要赶呢，大哥隔着车窗玻璃，嘱咐我天快黑了，路又长，慢点走，到了打电话。

2015年6月18日

乐者

我手持两枝秋天珍珠般的白果从渭源太白山的沟口走出来,迎面走来一位身材矮小、皮肤黝黑的老人。她热情地问我是否登上了山顶,我说从北边上,南边下,在山顶上待了好一阵子呢。她笑嘻嘻地竖起双手的大拇指,连声夸赞道:"厉害,厉害!"只见她白色圆帽下面露出苍白的头发,深深的皱纹,灵活的目光里饱含慈祥,陈旧的红色毛衣上套着一件男式灰色的西装,显得十分质朴、精神。一方水土养一方人,看她说话的口气和神态,我想起以前的一位同事,并觉得亲切愉快。

我拿着手中的白果请教道:"这是什么果子,能吃吗?"

她连连摇头,吸着唾沫,笑呵呵地说:"这是麻果。"我纳闷这么晶莹剔透白果,为什么称作麻果。

"麻果酸呢,看见它,我不由得噙不住唾沫了,麻果能解渴,如果拌上白糖,才香呢。"

既然没有毒,我便没有了顾虑,于是尝了几颗,涩涩的、酸酸的。老人原来是卖山货的,她卖野蘑菇、木香、野党参、当归,还有称作灵芝和祥云的。灵芝是长在朽木上的一种真菌,至于祥云,我就不得而知了。

野蘑菇一袋十元,总共八袋,我想全要。与她商量价格,她说这些是硬货,秋凉了,再没有了。她一边讲着价格,一边从西装口袋里摸索着,掏出半盒大红包装的廉价兰州香烟来。我赶紧从自己的口袋里拿出朋友送的精装好猫,递给她一根,说:"吸一支好的。"她接过烟,细心看了一阵,说:"是好猫呀,我的不好?我给你钱,你还不知道在什么地方买呢!"我说:"你的这个习惯不好,不怕媳妇子整吗?"她眼睛里闪现一丝失落,说:"没有媳妇子,是招女婿。"接着诙谐地笑了。

后来我向卖石头的打听,她说以前她和老汉一起卖山货,可惜他走了。我问到哪儿去了,她拉长声调,说到他应当去的地方,再也回不来了。望着高高的大山,她感慨以前她俩经常一起进山,可惜现在她老了,进不了山了。但她还能采摘山货,并坚持着她的生计,兰州的姑娘们最喜欢跟她照相呢!那天我买了野蘑菇、党参,还有灵芝。她接过钱,仔细辨别真假,我说请放心,不会有假的。她说:"我能着呢,只是将屁拧不成麻绳。"惹得大伙爽朗地笑。

回来的路上,我后悔没有跟她照个相。

2015年10月3日

撒哈拉

我一直想去看看他,但一直没有去。

白天同事问及他的近况,我只知道去年年底他因感冒住进地区医院,至今还未出院。

1991年,他从县城调来的时候就加入我们单身汉的行列,在统办楼服务站的小灶里,大家都亲切地叫他撒哈拉。他似乎也喜欢这个名字,严肃的表情里时时掠过快乐的笑容。撒哈拉,在我的印象里就是北非的大沙漠,据欣赏三毛的人说,除了那本最脍炙人口的《撒哈拉的故事》,她还写过一本叫《哭泣的骆驼》的集子,很真情,也很动人,于是我就有了哭泣的骆驼这个意象。

他住在我隔壁,吃完饭我俩经常坐在我的斗室里聊天,平时不抽烟的他也时不时来几根,以给生活增添几分闲暇的惬意。谈起往事,他说高中毕业后,他被招录到人民公社当干部,开始了将近二十年的工作历程。和他一起毕业的一个叫水秀的姑娘,在一家国有企业工作,由于父母都是从南方来的老革命,他俩从小就十分亲近,他像照顾妹妹一样照顾着她。工作后水秀常去帮他的父母干些零活,乐得两位老人直说水秀好。

一个星期天,他从公社回家后看到水秀也来了,两位老人谎称外面有事,就出去了,屋子里只剩下他们俩。水秀发现他毛衣的袖口破了,让他脱下来缝一缝。望着她殷殷的神情,他觉得非常紧张,汗水渗出了额头。水秀娇嗔道:"真封建!"便伸手要看看他的袖口,他用力地甩了一下胳膊,重重地碰在她丰满的胸口上,她险些摔倒。水秀满脸绯红,眼眶里噙着泪水,转身呜呜地哭着夺门而去。他心里空空的,好像失掉了什么,他想立即去追,但他没有。

一年多过去了,突然有一天,他在公社接到水秀的电话,说她有事要告诉他,能不能回来一下。他请了假,高兴地一口气跑了三十里路,水秀将他带到自己的房间,她的热情似乎并没有变,不停地嘘寒问暖,还说他太老实,混社会会吃亏的。他涌动的激情告诉他,成熟的水秀很美。他说上次自己不应该那样,一直想找她谈谈,又觉得不好意思。水秀笑了笑，说："这不是来了吗？不要紧，都是过去的事了，就忘了吧。"接着水秀谈到全家回南方的事，他急切地问她是不是也要去，水秀反问他："你觉得我该不该去？"他说江南山清水秀，在那边生活会更好些。

　　水秀依依地将他送到厂子附近的河滩，皎洁的月亮勾勒着远处黑色的树林，潺潺的流水应和着交织的蛙鸣，轻轻的夜风摇着水秀飘逸的衣裙。她的手扶着自行车的车把，他闻到了少女芬香的气息，他想拥抱她，但又觉得不能，他让水秀早点回去，她又不肯，好似一年多累积的话要在一夜间倾诉，潺潺的流水带走了多少轻柔的细语。

　　后来十几年过去了，为他介绍对象的人很多，热情的女方也不少，但他总觉得谈不来。平淡的单身生活在继续，我俩因为闲谈而互相了解，从而更加信任。1996年冬天，就是他住院的前一年，他告诉我某机关有一位刚从县城调来的姑娘，人不错，还是和他吃着一口井的老乡呢。我就怂恿他赶紧去追，他也常来向我汇报进展情况，我发现他和我一样，在女性面前缺少勇气，显得自卑而敏感，还似乎多了些许不必要的挑剔，时时拿她和水秀做比较，他也始终不愿透露对方的姓名。其间，一个偶然的机会，我随一位老乡到这位姑娘家串门，落落大方的她向我打听撒哈拉的情况，我立即悟到了什么，就一股脑儿地替他说好话，姑娘冲着我笑。

　　我不明白他为什么那么固执，但一直钦佩他事无巨细的认真。我是早该到医院去看看他了，却又怕见了面，双方会触景伤情。哭泣的骆驼，总会在撒哈拉相遇。

1997年11月20日

也寻隐者

"松下问童子,言师采药去。只在此山中,云深不知处。"唐朝诗人贾岛描绘出一幅美丽的图景,可谓诗中有画,画中有诗,留给我们对于隐士生活的无限遐想。我曾想:既然是隐士,隐姓埋名,不为世人所知晓,而隐逸文化,又为什么被世人所称道?其实隐者非隐啊!

《论语·泰伯篇》"天下有道则见,无道则隐。"隐与仕是相对,隐指有能力做官而不愿去做官。《论语·微子篇》讲述了一则隐士的故事。其中"子路问津"具有很强的故事性。长沮、桀溺两人一起耕田,孔子在那儿经过,叫子路去问渡口在哪。长沮问子路道:"那儿驾车子的是谁?" 子路道:"是孔丘。"他又问道:"是鲁国的那位孔丘吗?" 子路道:"是的"。他便道:"那他自己该知道渡口在哪里。"又去问桀溺,桀溺道:"你是谁?"子路道:"我是仲由。"桀溺道:"你是鲁国孔丘的门徒吗?" 子路答道:"对的。"他便道:"世上纷纷乱乱,礼崩乐坏,如滔滔的大水称漫,天下都是这样,你们同谁去改变它呢?你与其跟着那个躲避坏人的孔丘,为什么不跟着我们这些逃避整个黑暗社会的人呢?"说完,仍旧不停地在田里忙活。子路回来报告给孔子。孔子很失望地说道:"既然我不能与鸟兽合群共处,那么,我不同世人一起生活,又同谁一起生活呢?如果天下政治清明,我孔子就不会参与改革了。"

从上述故事里,我们可以做出两个判断:一是隐士长沮、桀溺是关心政治的，所以他们一语双关，曰："是知津矣。"二是面对乱世，孔子与他们的态度是截然相反。"天下有道，丘不与易也。"孔子为了宣扬他的政治观点，周游列国，因于陈蔡之间，险些丢了性命，但他矢志不渝，明知不可为而为之，他对社会责任的担当，是后世的楷模与典范。

《诗经·卫风·考槃》"考槃在涧，硕人之宽。独寐寤言，永矢弗谖。"筑成木屋山涧间，贤人居住天地宽。独眠独醒独自言，永记快乐不言传。为我们营造了一个清淡闲适的意境，有一种怡然自得之趣，真切地道出了隐士生活的快乐。

《尚书·大禹谟》"野无遗贤，万邦咸宁"是政治清明的表现。《周易》遁卦，艮下乾上，天下有山遁。君子以远小人，不恶而严。隐喻国家有贤人而不在朝廷，在野，即隐士。君子观察时事，及时隐遁。爻辞对隐遁做了详细分析。"遁尾"，隐遁得太迟，有危险。"好遁"君子吉，小人否。"嘉遁"，贞吉。"肥遁"，无不利。西周后期政治黑暗，斗争激烈，人人自危，《周易》的作者对隐遁持同情的态度，正如诸葛亮所说："苟全性命于乱世，不求闻达于诸侯。"

在庄子的世界中，隐遁上升为更高层次的境界，他为我们缔造出冰肌玉骨的仙人和高深莫测的岩穴之士。孔子对隐士的生活并非持完全的否定态度，在《微子篇》中他对伯夷、叔齐、吴太伯、柳下惠等诸多隐士给予肯定。

孔子对于伯夷、叔齐的称道，引发了太史公马迁的感慨。他在《伯夷列传》中叹道:"尧让天下於许由,许由不受。耻之逃隐,及夏之时,有卞随、务光者,此何以称焉?""伯夷、叔齐虽贤,得夫子而名益彰。颜渊虽笃学,附骥尾而行益显。岩穴之士,趣舍有时若此,类名堙灭而不称,悲夫!闾巷之人,欲砥行立名者,非附青云之士,恶能施于后世哉。"太史公对于世势的感慨姑且不论,但可以看出隐逸现象在禅让制的时代就开始出现。现今将资本主义国家执政党之外的政党叫作"在野党",当然,他们并非在"田野间"享受自然的乐趣,而是为成为下一届执政党奔走忙碌。

谈到隐士,陶渊明绝对是一个不可忽视的存在。他四十一岁愤然辞官,"吾不能为五斗米折腰,拳拳事乡里小人邪。"陶渊明不愿成为中规中矩的官僚,他厌倦过度的俗务和猖獗的腐败,追求理想化的隐居生活。他"归去来兮,田园将芜胡不归"的呐喊,时常召唤和提醒着一个行将渐渐失却自己的读者。他缔造的没有竞争、没有等级、没有尊卑的桃花源成为人们精神休憩的家园。他的田园诗影响了一代又一代中国文人。钟嵘《诗品》将陶诗列为中品。经钱钟书考证"陶公本在上品,今居中品,乃经后人窜乱,非在本也"。重要的是钟嵘对于陶诗评价:"其源出于应璩,又协左思风力。文体省净,殆无长语。笃意真古,辞兴惋惬。每观其文,想其人德,世叹其质直。至如'观言酌春酒''日暮天无云',风华清靡,岂直为田家语耶!古今隐逸诗人之宗也。"

《周易》遁卦爻辞九四讲:好遁,君子吉,小人否。

隐逸是有条件的，陶渊明出身名门，闲居家中赋诗论道，他竟然作过几首咏贫诗，但如果贫穷得维持不了生计，那诗歌的兴致也会被贫穷所湮灭。记得有人说过"最大的幸运是富有，最大的不幸是贫穷"。陶渊明是大司马陶侃的重孙，所以他有底气蔑视权贵，家乡九江地处长江之滨，庐山脚下，饮酒作乐、谈佛论道、吟咏山水，也是人生之幸事。

唐代隐逸之风遍及朝野，为了追求野无遗贤的清明境界，唐代帝王对隐士的优待助长了"终南之风"的兴盛，刺激了隐逸之风的发展。终南捷径是求取功名最方便的门路，作为成语故事，它来自武则天中宗时期的卢藏用。史载"藏用能属文，举进士，不得调。与兄征明偕隐终南、少室二山，学练气为辟谷……"卢藏用隐居终南以退为进，以此获得了清高的名声，从而受到武则天的召见，以至被列为左拾遗。因此，终南捷径成为一条入仕捷径的代名词。

"邦无道则隐"，做一名隐士并非完全出于本人的意愿，社会动荡和政治黑暗是造就隐士的原因。吴晗《朱元璋传》有这样的记载："在鞭笞、苦工、剥皮、抽筋以至抄家灭族的威胁空气中，凡是做官的，不论大官小官、近臣远官，随时随地都会有不测之祸，人人提心吊胆，战战兢兢地过日子。这日子过得太紧张了，太可怕了，有的人实在受不了，只好辞官回家当老百姓。不料又犯了皇帝的忌讳，说是不肯帮助朝廷做事'贪奸无福小人，故行诽谤，皆说朝廷官难做'。大不敬，非杀不可。没有做过官的儒生怕极了，躲在乡间不敢出来应考做官，他又下令地方官用种种方法逼他们出来,'有司敦迫上道,如捕重囚。' 还立下一条法令,说是'率土之滨,莫非王臣,寰中士大夫不为君用,是自外其教者,诛其身而没其家,不为之过。'"

日本明治维新时代思想家福泽谕吉在他《劝学篇》第十三篇中写道:"本来人们都是喜好交际的,但因习惯关系,有时却反而厌恶交际,世间有孤僻成性的人,故意住在山村僻邑,躲避一切社会上的往来,这种人名为隐士。"鲁迅先生在他《隐士》一文对以隐士沽名钓誉的现象给予辛辣的批驳,应和我当初"隐者非隐"的想法。

现代社会隐士现状如何呢?澳大利亚作家巴里·斯通《隐士的生活》一书列举了美国人威拉德·麦克唐纳独自在格列湖畔的一间小木棚里生活了三十年;英国人史蒂芬·格伦顿自1994年在偏僻的科茨沃尔德河谷过着现代隐士生活,靠九百平方米土地为生。同时,他将日本都市生活"宅男"现象也列入隐士生活,他们没有能力应对社会的要求以及家人和同时代人对他们的预期。

不知道贾岛是否再去寻访过他仰慕的隐士,有意思的是一千多年后,一位名叫比尔·波特的美国汉学家于1989年踏上了终南山探访之旅,用自己的笔详细记录下他与隐士们的交流,以及他所看到的隐士生活现状,成就了他的《空谷幽兰》一书。也许我们并不关心隐士生活和隐逸现象的存在,像罗伯特·哈里尔所讲:"每个人都应该每24小时当几分钟至个把小时的隐士,以便研究、思考,并与他们的造物主沟通。"也许对于我们是有益的启示。

2014年11月26日初稿
2019年4月28日定稿

读家训后记

向久在病中的友人索求字画,他问我写什么内容,我说只要不写《朱子家训》就行,我一直懒散落拓,每次从字画上看到"黎明即起,洒扫庭除"的句子,就再没有读下去的勇气。他笑着说:"那么,写些什么好哩?"我一时也没有主意,两人似乎同样惘然。归来的路上,看到旧书摊上一本全新的《颜氏家训》,对半打折,出于收藏的爱好,像占便宜一般的拿回了家。无独有偶,从书店看到王人恩编著的《古代家训精华》,喜出望外地买了下来,该书收录了从汉朝刘邦到清朝吴汝纶时期的家训精华,每天读一两篇,常常掩卷而思,当读完吴汝纶《谕儿书》的夜晚,萌生了写一篇读书笔记的念头。

听说曾国藩家书蕴含着许多人生智慧,但鉴于对他镇压太平天国的成见和对于训诫的漠然,从来不去留意他。打开《古代家训精华》,就被他恳切的态度所感染,其行文也如淙淙流水,简约顺畅,一鼓作气读完它,欣欣然,有喜色也。

一如名人字画,家训也是名人家训,不论他们的身份和职业如何,为人父母的心地却是那般相通,对我印象最深的可以用学、志、勤、俭、慎五个字来概括。

大风起兮云飞扬,威加海内兮归故乡,安得猛士兮守四方。一曲《大风歌》唱不尽刘邦的得意,他却在《手敕太子》中,对自己过去轻视读书的行为进行忏悔,云:"追思昔所行,多不是。"告诫儿子"汝可勤学习,每上疏宜自书，勿使人也"。诸葛亮"非学无以广才"的论断，道出了学习的重要性。颜之推"夫学者犹种树也，春玩其华，秋登其实。讲论文章，春华也，修身利行，秋实也"，强调学以致用。宋代家颐《教子语》"人生至乐，无如读书。"使人想起孔子"发愤忘食，乐以忘忧，不知老之将至"的学习精神。

嵇康说"人无志，非人也"。司马谈在《命子迁》中云："余死，汝必为太史，勿忘吾所欲论著矣。"当然，司马迁没有辜负父亲的遗训，在遭受腐刑后，之所以忍辱苟活，就是为了完成父亲交给他的这一伟大事业，他超越自我，写成了《史记》，真正做到了"扬名于后世，以显父母"。诸葛亮"非淡泊无以明志"、"非宁静无以致远"的名句，广受人们推崇，细想起来，正如金克木先生所言，读懂它确实不容易。

业精于勤而荒于嬉。《诗经·小雅·小宛》云："夙兴夜寐，无忝尔所生。"意思是希望你早起晚睡，不要辱没了生你的父母。明朝进士史桂芳在《训家人》中说："劳则善心生，养德养生咸在焉；逸则妄念生，丧德丧身咸在焉。"

司马光在《训俭示康》引用春秋时期鲁公大夫御孙的话"俭，德之共也；侈，恶之大也"，告诫儿子不但要自身厉行节约，还应当告诫子孙效仿。他说"众人皆以奢靡为荣，吾心独以俭素为美"，令人油然想起他辞官归隐十几年，编纂《资治通鉴》的风范。张之洞在《复儿书》中云"儿自去国至今，为时不过四月，何携去千金，业皆散尽"，"用钱事小，而因之怠弃学业，损耗精力，虚度光阴，则固甚大也"。借用司马光的话说，古人以俭为美德，今人乃以俭相诟病，嘻，异哉！

梁简文帝《戒当阳公大心书》提出"立身之道，与文章异，立身先须谨重，文章且须放荡"的观点，朱熹在《与长子受之》中说"交游之间，尤当审择"，并说明益友与损友的区别。就连放荡不羁的嵇康也告诫儿子说："夫言语，君子之机。机动物应，则是非之形著矣，故不可不慎。"

当然，受"修身齐家治国平天下"思想的影响，家训的内容十分丰富，绝非片言只语能盖其全貌。悄然思忖，在这传统文化与时代观念，本土文明与外来意识碰撞、交融的今天，一篇篇古代家训，犹如沉重的警钟，发人深省。

2005年7月20日

两个外国学者

日本的小泉八云，中国的辜鸿铭，两位著名学者，分别在明治维新、戊戌变法时期来到日本和中国定居，两个倾心于东方文明的学者。

小泉八云以稀世名文把日本的东方美介绍给西方。小泉是教师，他似乎温和，肯定日本的变革，以诗一般的文笔，赞美日本的改良思想家。

"到中国宁可不看紫金城，但不能不拜访辜鸿铭。"辜鸿铭在《中国人的精神》一书中鼓吹平静的灵魂生活。

辜鸿铭面对变革，他充当了满清政府的幕僚。

　　明治维新时期的思想家简约、明了，容易被大众接受。戊戌变法的倡导者更倾向中国传统文化的研究，天下大同。

　　他俩都以比较研究的方法，阐释东方文明。相比较，我更喜欢小泉八云。

2015年5月16日

书法别谈

　　跟随同事去看望他的书法家朋友，书法家知名度很高，是省书协副主席。书法家答应为同事办公室写一张字，说一直没找到状态，还没有写成。书法家允诺，为朋友总得创作一幅自己满意的作品。

　　站在门外，看书法界似乎很热闹。书法创作，自己虽没有资格提起，但我想：为什么人们喜欢书法，因为人人都有识字、写字的经历，自己虽然写不好，但看到别人写得一手好字，好生羡慕。

　　文字的发明是人类文明的标志，书写文字的过程，产生了书法。有人说中国的英文名不应该是China，瓷器，而应当是Calligraphy，书法。既然使用象形文字的国家都有书法一说，不见得书法最能代表我们的国度。当然研究瓷器的专家也不会赞同这一观点。不过从著书立说的角度看，这一的观点足以吸引读者的注意力，书法有道。

　　从甲骨文开始，书法记载着我们历史进步的历程。书法家的探索与研究，逐步让文字书写更加简便与快捷，简化字来源于草书，书法家为改进汉字做出了贡献。书法作为一门艺术，在文化发展史上的作用，是否大于文字本身？

万般皆下品，唯有读书高。作为知识的象征，书法得到老百姓的崇尚。以文会友，更是高雅的事，苏轼调侃黄庭坚，留下千古佳话。不过书法收藏，夹杂有形形色色的功利观念，以逐利为目的书画买卖，失去了书法欣赏的本来意义，因为人们不是在欣赏书法，而是在狂敛财富。定西城曾经来过一个骗子，冒充是八一电影制片厂的总导演，"天下粮仓"，骗走了数万钱财，于是我对书法的审美都产生了怀疑。

书写极具个性特征。法律规定合同需经双方当事人签字生效，如何突出个人书写风格，这大概是书法创作的宗旨吧。孙过庭讲"意在笔先"，面对洁白的纸张，你要写些什么内容，如何写，都得有所考虑，就像他创作《书谱》。天下三大行书，都是书家记录自己的感慨，我想他们首先考虑的是要写些什么内容，而不是考虑如何运笔，如何布白。历朝皇帝中，喜欢书法的很多，唐太宗带走了《兰亭序》的真迹，为后人留下了自己的《温泉铭》。康熙和乾隆的书法造诣都很深，他们都是明君，缔造了帝国盛业。可怜宋徽宗，独创了瘦金体，没有将金朝瘦削掉，却将自己沦为俘虏，如果他不做皇帝，只做他的书画院院长，足以流芳千古。

一年多过去了，同事的办公室还没有挂上书法家的字，却使我想起书法。

2015 年 6 月 16 日

漫说石头

城郊的老南托同事邀我,说有空到他家喝酒、欣赏石头。茫茫人海中,能够得到亲切的问候,感到十分温馨。

老南是农民,这几年,大家都修房子,等拆迁,他却喜欢文学,杂文作品曾经获得过全省的二等奖。"庭院深深深几许?"也许是我站在门外的缘故吧,总觉得文坛清寂,他多少年来坚持订阅《飞天》,对省市作家、文坛动态怀有自己独到的见解和认识。

定西祖厉河流域有一种泛黄的透光的石头,老南认定是玉,因此,他又多了一种爱好,加工石头。从刚开始简单地打磨,不到两年的时间,就能因势赋形,加工出珠子、玉环、鼻烟壶等各种形状的作品来,高兴之余,在朋友圈组图展示一番。功夫不负有心人,他的坚持,是对我的启发。

我也喜欢石头,但缺乏老南的痴迷。

喜欢石头也许是人的天性,因为人类发展历程与石头有密切的关系,旧石器和新石器时代,石头是人类狩猎和农耕的主要工具,燧石碰撞的火花,点亮人类文明的曙光。冷兵器时代,石头是作战的武器。曾经到安定区鲁家沟宋代古堡去参观,不明白堡墙内为何遗落许多大大小小的石头。妻说这不是用来防御的武器吗?我称赞她的水平比我的高。到现在为止,石器并没有完全退出我们的生活,比如碌碡,依然是农家丰收季节碾场的工具。

谈起石头,自然就想到了玉。

历史是过去的时空和人类活动,我们可以从不同的视角来仰望过去的星空和先祖的智慧，比如石头和玉、瓷器、铜器等等。通过浮浅的阅读，我为石头和玉器的发展进程梳理过一条线，不知道是否准确。旧石器时代的粗石器——新石器时代的细石器（玉器的出现）——新石器时代晚期、商朝的祭祀用玉——西周礼仪载体的礼玉——秦秋以降玉的用途的多元化——现代生活的工艺品。

孙机著的《中国古代物质文化》记载："我国已知最早的玉器发现于辽宁阜新查海遗址，属于兴隆洼文化，距今约八千年，器形有斧、匕、玦和小管。"在新石器时代，玉器并非生产工具，它是巫师祭祀时得以接通神灵的用品。

玉在古代非常珍贵，《史记·廉颇蔺相如列传》讲秦昭王愿意用十五城交换和氏璧，真心还是假意？为我们演义出"将相和"的美谈来。《史记·项羽本纪》讲鸿门宴上范增想杀掉刘邦，"举所佩玉玦以示之者三。"刘邦逃离宴席后，叫张良为项羽献上白璧一双，为范增献上玉斗一双。《论语·雍也篇》讲："子见南子，子路不说。夫子矢之曰，予所否者，天厌之！天厌之！"有史学家将其演义成一则富有情趣的故事来：年轻美貌的卫灵公夫人南子，听说孔子是一位很讲究礼仪的人，所以会见的时候精心打扮了一番，佩环戴玉。孔子进宫，向南子施礼，南子也在帐内答礼。由于隔着一层薄纱，孔子看不清南子，只听见她答礼时佩玉所发出的叮当之声。子路对老师的行动表示不满，孔子郑重地说道："我假如不对的话，天厌弃我吧！天厌弃我吧！"

正因为石器在人类生活中的密切性和重要性，大凡

"王"字旁的汉字，都与石头和玉有关，我在《新华字典》查阅了所有斜玉旁的汉字，概括起来，主要分为以下六类：一是指玉，如琪、琳、琼、琬、琦、瑭等；二是指像玉的美石，如珉、玖、琨、璎珞等；三是指用玉加工的器物，如琏、琚、瓒、玙等；四是形容玉撞击的声音，如琤、玱、瑝、玎玲等；五是形容玉的色彩，如瑰、瑛等；六是加工玉的动词，如琢。《新华字典》对上述字的解释都比较简约，想必只有考古专家才可以明确其具体内涵，掌握古人对于玉的分别和认知，也是一件困难的事。

当然，现代科学对玉的定义和岩石的分类非常清晰，对于各种奇石的鉴赏，也是人们对于美的追求。我曾在老南加工石头时说："如切如磋，如琢如磨。""玉不琢，不成器。"诗句本身具有深厚的引申意义，写作，也是一个反复琢磨的过程。凡事能够反复思考和考虑，便会得到温润的结果，这便是所谓的玉德吧。

老南的"祖厉河玉"是否能够真的算得上玉，有待科学认定。生活中不能没有酒，赏玉，也是爽心悦目的快事。油然想起那首《雨花石》的歌曲来"我是一颗小小的石头，深深地埋在泥土之中。你的影子已看不清，我还在寻觅当初你的笑容"。

2015 年 6 月

寺庙

佛家为寺，道家为观。

陇西通安驿古驿城北边，有一座修建颇为别致的寺庙，想进去看个究竟，可惜庙门上着锁。但见庙门的匾额上题着"兴安寺"，门口的石碑上写着由信徒捐资修建。寺庙旁边还建有一间土地庙。

寺庙是信徒讲经修行的地方，包括翻译佛经的道场。在西安，参观过玄奘的译经场大雁塔，走过他所译著作的展览橱柜，除了"多"外，再难以产生第二个印象，还不如在字帖上看得明白："总将三藏要文，凡六百五十七部，译布中夏。"

玄奘法师该算是妇孺皆知的人物了，主要原因归功于《西游记》，编演成电视剧，更形象，更生动。于是令人联想起文学的影响和力量。对于玄奘法师，他到底翻译了哪些佛经，佛经里包含哪些奥义，他的译著对中国佛教产生了怎样影响，关心的人似乎并不多，也许是唯识宗太难懂，我曾在新华书店翻了翻熊十力关于研究唯识宗的著作，又将它放回原处。

但从《西游记》和冯梦龙的《拍案惊奇》里看到，寺庙里难免有妖魔鬼怪，人间乱象。

现在，到处都在兴建寺庙。从建制上讲，一个行政村有一座寺庙并不夸张。人们追求信仰，无可厚非。关注民间宗教的内容和活动形式，是我们生活的一部分。也许不能将民间宗教与佛学、道家学说等量齐观，但科技发达了，出版业发达了，大众的文化水平普遍提高了，走出盲目崇拜的迷信该是现代人应有的理念。

如果在佛寺或道观，遇上清净的法师，为你解迷开悟，那该是殊胜的因缘。

阿弥陀佛。

道法自然。

2015 年 6 月 30 日

逆向的著作权

到机关办公室，正好碰上原单位同事来签发文件，我问什么内容，她说是征文活动，我顺手拿过来扫了一眼，没有细看。我笑着问："有奖吗？"她说没有，到底怎么做，还不清楚。我说我手头正好有一篇文章，是关于对行政执法体制改革的思考，刚讲过课，结构完整，也符合征文活动的相关要求。她热情地说将电子版马上拷了去。我说我还得修改一下，讲稿和文章是两回事情。她又笑着问我为什么不向刊物发表呢，她联系的一家大学校刊态度严谨，挺好的。我反问有稿费吗？她说没有，现在刊物都是反向收费，哪儿还有稿费呢。我笑着说赔钱的买卖再不做，其实我的文章也是拼凑的，没有学术价值。

期刊收取版面费早已是约定俗成的事了，妻子是老师，为了评职称，要两篇省级学术期刊的论文，也颇费了一番周折，论文有了，高级职称还是遥遥无期。我当时想，既然人人都在抄袭，人人都在买，为什么一定要设置这样一种滋生腐败和不正当收费的制度呢？著作权是基本人权的一部分，是人身权和财产权，为什么一定要拿着自己的基本权利当义务去履行呢？法律的信仰并非源于说教式的宣传，而在实施，不管是公正司法，还是行政执法，只有公平正义在社会管理领域全面实现，人们的法治意识才会逐渐提高。多年来，我们强调创新，从体制、机制等方面加强措施，但是核心技术很难突破，这是否与著作权的法律保障也有关系？

我曾读过关于民国作家叶紫的介绍，他平生靠卖文为生，生活得十分清苦。我想当今社会有几个人完全靠写作的稿费来维持生计呢？除非像莫言那样获得诺贝尔文学奖。说来惭愧，自己至今还没有阅读过莫言的小说。读过巴金怀念沈从文的文章，在上海初次见面后，他帮沈从文提前收取过版费，那笔稿费接济着沈从文兄妹当时的生活。

著作权领域也有许多怪现象。这几年书法、美术作品的价格确实诱人，致使各行各业的闲人都拿起笔杆，临摹历代墨宝，以期可观的收入，甚至有些人不务正业，潜心于别业，背起艺者的行囊，走市去了。

2014年11月20日

曾经建议

在武夷山公园的山口，看到形态不同的各种参天树木，我想知道它们的名字，于是，想起了自己曾经的建议。

在定西渭河源地方立法调研中，景区管理委员会的同志陪我走在满目葱郁的峡谷中，我有意请教她身边各类灌木名称，令我失望的是她们了解的居然还没有我所知道的多。走在峡谷深处，路边的标牌提示有麋鹿等野生动物出没，当地务工的山民说前几年经常有狼出没，现在不知道哪里去了。

于是，在座谈会上，我即兴提了一点自己的想法。应当在景区门口，设置关于景区内物种介绍的牌子，现在印刷技术发达，彩绘配上简要的文字说明，使人们直观地对当地树木花草、鸟兽虫鱼有所认识。尤其是让小孩子对自然界的生物进行了解和掌握，增强他们爱护自然、亲近自然的意识，说不定比无中生有式的建造文化品牌效果更好，同时也会增加门票收入。

武夷山并没有令我失望，因为在每棵树木不远处就有相应的牌子。我留意了杉树的叶子，呈扇形，与松树针形的树叶不同，桂树还没有开花，但我似乎闻到遥远的花香。

2019年7月30日

车卡

家属院临时停车超过半小时收费两元，住户停车每月五十六元。

由于单位搬迁，上班可谓路途遥远，加上正在热议的车改,我自然有了启用搁置了十几年的驾照的想法,碰巧表弟说自己的车闲置着,让我先练练手,我欣然接收了他的"贿赂"。

就在他将车停放在小区的当天晚上,车门被蹭了,妻子与物业交涉,物业说对临时车辆的安全概不负责。于是我去物业办理停车卡,物业双休日不上班,只得在上班期间去办理。

柜台上坐着一位胖乎乎的女职工,我说:"我是业主,单位搬迁,路太远了,借了一辆亲戚的车,想办一个车卡。"她说:"不行,物业要求行驶证和驾驶证一致才能办理。"我问:"作为业主,为什么买的车可以办,而借的车不可以办,这不是歧视买不起车的业主吗?"她面带愠色,说办车卡的人不在,等人来了让我和他去交涉。我有点忿忿然,事后向同事说:"没有时间,否则的话,我想起诉物业,作为业主,自己的权利竟被不符合法律精神的规则剥夺了。"

转念又想,与其交涉还不如请物业主管部门的熟人打个招呼,如此简单的事,何需劳心费神,做没有效果的计较呢。

果然,我在家里等着,不一会儿熟人说让我下楼去办,接待的还是那个胖乎乎的女人,我笑嘻嘻地说:"办个车卡。"然后将行驶证和驾驶证递给她,她一看不一致,便问旁边的领导:"这就是刚才打了招呼的那位吗?"领导一核对,说办上,同时把协议签了。

女职员翻开一本打印好的制式合同,拿出一张递给我,我扫了一眼，无非是物业对车辆被盗、第三者损坏等事项免责，而强调车辆对小区内设施的损坏坚决要赔偿等等。我毫不犹豫地签了字，笑着说："这不是不平等条约吗？"旁边坐着的一位表情严肃的女同志感慨道："这也是没有办法啊。"我忽然想起在南京就业的侄子说："乡村是人情社会，而城市是法治社会。"他的感悟是有道理的。当时，我并没有和他进行深层次的交流，只觉得孩子长大了。其实，他还没有看到城市秩序人情依然左右人们生活的方面。

2014年9月14日

遥远的村落

春节刚上班，从定西《阅读参考》读到《中国文明不是外来的》一文，掩卷而思，文里文外，生发出诸多感慨来。

一年前，报社的记者朋友向我谈起他想走访定西市境内古文化遗址的打算，并想以高空摄影的方式来记录古文化遗址的风貌。一年过去了，我没有主动去了解他工作的进展情况，却一直替他感到担忧。我想，古文化遗址的特征主要应通过遗址出土的文物、地层特征和遗留的痕迹来反映，做成专题片，还得有明确、具体、系统的解说词，也许他有自己独特的视角和切入点，我的顾虑是多余罢了。

基于同样的爱好，我也热心市内古文化遗址的存在，就拿安定区来说，我曾在西边的七台山发现被火烧黑的绳纹罐罐口残片。发现残片处对面的山坡上新修一座道观，香火很旺，一位文友向我赠阅与七台山相关的女娲文化的民间册子，不过没有对七台山做专题研究。距城九公里的东山顶上，我曾发现过一片清晰可辨的马厂时期的彩陶片，令人喜出望外，作为考古成果，小心保存着。据说北边还有朱家庄遗址，面积不大，至今我还没有去过。

和记者朋友造访过安定区云山遗址，除了马家窑文化残片外，再没有什么意外的收获，但那天行程很愉快，我们拍了许多正在开花的向日葵。去年冬天，找了一位在云山工作过的向导，他带我走访了几家农户，了解到在实施土地平整项目中，出土了大量玉器。一位与向导要好的朋友向我俩赠送他岳父留下的两块玉刀残片，我们没有接受。我相信一句话，见了，就有了。只要怀着求知的心理，去了解文物所蕴含的历史价值和文化价值，才是真正的"妙有"。

家乡榜罗镇积麻川干旱缺水，多年之前，无意间在赵家湾路边的草丛间发现陶器残片，后来证实这里确实出土过完整的素陶罐。同样，在双峰村老湾社发现陶片后，了解到20世纪90年代初期，这里出土过一双玉璧，一黑一白。大概同一时期，孟川村出土过玉琮和玉璧，玉琮以可观的价格被陇西的古董商收走，玉璧我在已经逝世三年的古董商家里见过，被铁锹铲成了碎片，用"三秒"胶粘在一块，当时我想得到它，可惜未能如愿，如今它早已不知去向。每次到榜罗镇，总会油然想起作为长辈的古董商去世前悲惨的情形，想起五月院子里灿烂的蒲公英。

有礼器陪葬的墓主要是部落贵族，要么是巫师。按照历史学家张光直的观点,礼器是贵族和巫师祭祀时与神灵相通的工具,当时的神灵包括天地和先祖,谁掌握祭祖,谁就拥有当时的政治权力,表明复杂社会已经形成。

回家途中,意外发现王家滩山梁的左右两侧有大量的陶器残片。美国史学家海斯、穆恩、韦兰三人合著的《人类简史》有这样的叙述,"当我们从一个古代聚居地遗址中发现一些陶器碎片时,几乎就可以断定住在此地的古人们,已经从渔猎时代进入了农业时代。陶器似乎就像是和农业一起成长的,也许因为这些陶陶罐罐对于经常需要储藏五谷杂粮的古人是非常有用的。"

由于写作思路的特定性,《人类简史》对陶器用途的介绍好像并不全面。从火烧过的痕迹,可以推断它也是加工食物的炊具,考古学家利用现代科技手段,从陶器中的残留物,分析他们所吃的食物,进而推断出他们当时赖以生存的自然环境。我在榜罗境内考察战国秦长城的走向时,曾经为修建长城需要的人力和物力来源感到困惑,现在将榜罗境内相距不过五公里的孟川、王家滩、赵家湾、老湾四个齐家文化遗址联结在一起,似乎找到答案。

中国文明不是外来的,这是人类学一道长期的命题,虽然没有深入的了解和掌握,但我也相信这个判断。史前文化并非是现代一项新的课题,《竹书纪年》《史记》等历史著作对我国史前文化都有明确的记载,人类历史的长河间,文字发明之前,口头传诵是文化传承的主要途径,因此,我相信司马迁通过实地考察,参阅当时历史文献撰写的《五帝本纪》肯定存在真实的成分,却得不到世界史学界的认可，也是我们求证的方向。

　　《龙门纲鉴》关于史前文化的记载并非信史，但读起来却饶有兴味。他对燧人氏作如此叙述，现摘录如下："有燧人氏作观星辰，而察五行，知空有火，丽木则明，于是钻木取火，教民以烹饪，而民利之，故号燧人氏，以为燧者，火之所生也。""时未有文字，燧人氏始作结绳之政，立传教之台，为日中之市，与交易之道，人情以遂。"刘莉、陈星灿著的《中国考古学》中写道："到目前为止，已经发现了一千四百多处马家窑文化遗址，其中大约二十处经过考古发掘。"接着我又从《甘肃日报》所载《她从这里走来》一文中了解到几乎甘肃境内的每个市州都有古文化遗址的发现。张光直先生说过："我们正处在中国考古学的黄金期，因为我们有机会见证一个关于全人类四分之一人口史前史的全新知识体系的创造。"定西被国家列为"马家窑文化保护圈"，因此，我也相信，我们有机会见证对于定西境内马家窑文化、齐家文化等古文化遗址的考古发掘，像青海的柳湾、秦安的大地湾那样，使我们丰厚的文化资源，以形象、生动的方式展现在世人面前。

2013 年 12 月 27 日

敢问丝绸之路

　　在市委党校课堂上，观看了一张卫星拍摄的地球夜景照片，美国布朗大学的最近一份研究成果表明，通过对一些贫困国家从太空拍摄的夜间照明亮度进行分析对比，就可以轻松的判断这个国家的经济发展水平，这张照片使我形象地看到了我国区域经济发展不平衡的现象，东边灯火通明，西边寥若晨星。同时，也特别关注到了从中部西安，经兰州、河西走廊、新疆通往中亚地区的一路灯光。我想这不是缥缈绵延的丝绸之路吗？尽管生活在丝路上，也参加过丝绸之路旅游节通渭书画展的活动，却没有进行过认真思考，而这次看到一路灯光，成为我挥之不去的意象。

  网络像佛陀智慧的法眼，你可以随时了解所关注的问题，它确确实实印证了"秀才不出门，全知天下事"的古话。从网上了解到，丝绸之路是由德国地理学家李希霍芬于1877年提出的，他称从公元前114年到公元127年，中亚地区和中国的丝绸贸易商路为"丝绸之路"。他的观点很快得到了世界的认同，同时，也被我们欣然接受。显然，我们现在对丝绸之路的理解，不论是从时间和空间上都超出了李希霍芬的观点，丝绸之路似乎是我国古代对外开放、商贸往来、文化交流的总称，是中华文明的重要象征。在甘肃省博物馆看到在河西出土的胡人牵马的唐三彩，仔细欣赏他们敞领的外衣，可以体会到西装设计的由来，领略到了唐朝对外开放的发达程度。

  我对李希霍芬也产生了浓厚的兴趣。"李希霍芬从1868年9月到我国进行地质地理考察，历时四年，走遍了大半个中国，回去之后，从1877年开始，他先后写出并发表了五卷并带有附图的《中国——亲身旅行的成果和以之为根据的研究》一书，是第一部系统阐述中国地质基础和自然地理特征的重要著作，并创立黄土成因说。"他发现了楼兰遗址、命名了高岭土等。他考察了山西的煤和山东便利的海上交通，成为德国从中国攫取殖民利益的参考依据。我想从网上购买一套李希霍芬的《中国》，想了解当时的外国人如何看待中国，可惜没有找到，却有一部古籍残本，标价一万元。

  鸦片战争的爆发，使拿破仑眼中酣睡的雄狮变成了一块巨大的肥肉，招来了世界饕餮巨兽。从科技的层面讲，这难道不是先进技术的野蛮扩张吗？我一直迷惑于为什么古人缺少自然科学的思维，从商务印书馆出版的柏拉图《理想国》译者引言上了解到，亚里士多德的著作大致分为九种，其中包括了物理学、生物学。而有意思的是，明朝大儒王阳明为"格"竹子的理，在竹子底下躺了半个月，却无所得。就在同一时期，伽利略在比萨斜塔进行两个铁球同时着地的实验。如果志得意满的乾隆皇帝在编纂《四库全书》和摆弄西洋钟表时，对世界发展潮流有一点点觉醒，也不至于使他的辉煌帝国在不远的岁月里千疮百孔，任人宰割。

  记得余秋雨先生谴责过敦煌莫高窟的王道士，我倒觉得他稍稍有点冤屈，和尚们跑光了，不管是信仰还是糊口，只有他留着，发现了藏经洞，他及时向当地官员进行了汇报，然而没有得到应有的重视和保护。可惜他不懂那千年珍藏文化的重大意义，外国人来了，自然成了他换取金钱的筹码。就是他倒卖文物了，也没有人去过问。谴责之余，还得感谢那些掠夺者，他们并没有将珍贵的古籍进行倒卖，而是放进了博物馆，敦煌学梦醒般兴起。丝路的明珠，依然熠熠生辉。文化是无法掠夺的，也难以阻止，只有传承、交流、发扬、光大。和而不同，世界才会得以和谐。

　　义吾之所欲也，利吾之所欲也，二者不可得兼，舍利而取义也。可惜传统的仁、义、礼、智、信，究竟没有西方经济学利益最大化的实在。我不明白那些制假者为什么不拿自己高超的技艺去堂堂正正地谋生，而非要创造"假作真时真亦假"的境界。我常常想这五个字与现代法律精神并无二致，也是当代价值观构建的核心。我还是喜欢刘德华的《中国人》，五千年的风和雨，藏了多少梦。天行健，君子以自强不息，我们需要的是梦，更是精神！敢问路在何方，路在脚下……

2013年12月27日

后记

原想出一本诗集，就在妻帮我整理文稿过程中，向我建议道："为什么不先出一本散文集？"在她看来，相比诗歌，我写的散文的内容更丰富，可读性更强。

我参加工作已三十年，三十年间的变化可谓日新月异。就拿写文章来说吧，90年代初期用钢笔在稿纸上一笔一画抄材料，老式打字机，蜡纸印刷，写材料的人最吃香。后来电脑逐渐普及，互联网上办公，社会已进入自媒体时代，写材料的人也就离不开网络。在搜寻资料、撰写材料之余，抒发一点生活感受，自得其乐。"庭院深深深几许"，对于文学，我一直站在门外。

谈及想出一本集子的想法时，得到原定西文联秘书长郭建民老师的大力支持。年轻时，我常拿习作向郭老师请教，他说："创作要写自己的东西，坚决避免抄袭，尤其是要注意不能窃取别人的意境，隐形的窃取更可怕。"是他主动介绍我加入甘肃省作家协会，鼓励我坚持写作。《定西日报》记者许云鹏向我诚恳地提出三点建议：一是严格把关，尽量选好文稿。二是认真校对，尽量减少文字错误和疏漏。三是做好策划，尽量使其精致，不要留下遗憾，并主动答应为我审阅文稿，拍摄家乡的照片。

为了阅读方便，根据内容不同，我将文稿分为四个部分。第一辑《秧歌的小唱》侧重介绍家乡民俗，童年生活经历在我脑海徘徊，回忆历久弥新。第二辑《春风微澜》

是参加工作后对生活的感悟。结婚以前，散文写得少，都已散失。结婚后，散文写得渐渐多起来，原因在《安居》一文中有过交代。第三辑《陇上游踪》是对自己足迹所至，心有体会的再现，难以称得上是规范的游记。由于自己对家乡历史文化的关注，将自己的所见所闻以日记的形式记录下来，虽然没有学术价值，但愿为进行学术研究的人提供一点考证的线索。第四辑《隐者非隐》一部分是学习笔记，尽管粗糙，毕竟是自己良苦用心。一部分是给我留下深刻印象的几位人物白描，其中两位已经仙逝，想必其在天之灵不会责怪我吧……

  丑人不照镜，照了镜，勾起病。整理自己的作品是有趣，也很有意义的过程，小到单个用词，大到通盘谋篇，都是对自己的审视。因为文字是否恰当，难免会和妻子有不同意见，争执的过程，也是达成一致的过程。我是第一位被感动的读者，好在《母亲》《秧歌的小唱》《榜罗故事》给了我自信，也增强了正式出版的决心。多年形成的叙事方式依旧粗略，在细微处难见功夫，有待努力。

  在此，我特别感谢堂弟田富元和记者许云鹏对我的作品开诚布公地评论并提出的合理化建议。感谢我高中同学焦凤祥教授对书稿进行了认真的文字校正。感谢多年来关注并支持我写作的朋友，你们的鼓励和认可，是我写作力量的源泉。

2019 年 8 月 19 日